U0128359

LICENCE
TO
KILL

照

蔡金燕　楊允辰

■ 國家圖書館出版品預行編目(CIP)資料

X人執照 = Licence to kill / 蔡金燕, 楊允辰著. -- 初版. --
高雄市：麗文文化, 2020.11
面： 公分

ISBN 978-986-490-176-0(平裝)

863.57 109016496

X人執照
Licence to Kill

初版一刷・2020年11月 初版二刷・2020年12月

著者	蔡金燕、楊允辰
封面設計	二搞
插畫	二搞
	© Buddy Make Studio. Licensed by udnFunLife Co., LTD
發行人	楊曉祺
總編輯	蔡國彬
出版者	麗文文化事業股份有限公司
地址	802019高雄市苓雅區五福一路57號2樓之2
電話	07-2265267
傳真	07-2264697
網址	www.liwen.com.tw
電子信箱	liwen@liwen.com.tw
劃撥帳號	41423894
臺北分公司	100003臺北市中正區重慶南路一段57號10樓之12
電話	02-29229075
傳真	02-29220464
法律顧問	林廷隆律師

行政院新聞局出版事業登記證局版台業字第5692號
ISBN 978-986-490-176-0（平裝）

麗文文化事業

定價：320元

目錄

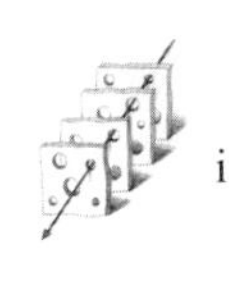

現今社會說真話要有勇氣

現今社會要說真話要很有勇氣，要寫一本都是說真話的書又更不簡單了，因為會衝撞到「主流」，但就是要有說真話的「非主流」勇氣才可以突顯問題的存在、尋求解決的方法，未來讓病患更安全，國家社會更進步，讓「**說真話**」、「**做對事**」變成「主流」，則國家幸甚！人民幸甚！。

這是一本將親身經歷，在白色巨塔裡很複雜的事件，寫得很清楚讓民眾看懂，以名偵探柯南辦案的精神，抽絲剝繭，帶出問題的真相，解決的方法就不言可喻了，這種真實故事的書在台灣並不多見。目前台灣在白色巨塔裡發生這種事的「主流」回應會像是：「人已經走了，說也沒用了。」勸家屬「息事寧人」。如果要檢討，很少檢討事件跟要負責的人，反而來檢討提出質疑的人「你為什麼不早一點看病歷，可以及早防止不幸的呀。」等等，造成傷者的雙重傷害。但問題沒有解決，悲劇就會一再發生！

人生事沒有「如果」只有「結果」，只能從結果找出問題，提出解決方法，讓未來別人的事件可以產生好的「結果」，不再有「如果」的遺憾。最難能可貴的是，作者小燕醫師是當事人，是把自己錐心泣血的經歷訴諸於世，期盼自己的父親不會白白犧牲。至於提出訴訟以及出書也都是要彰顯問題，回應醫療方面冷漠回應，是不希望真相被掩埋，而希望未來的意外不會再發生，**大愛呀！**

從我看到第一章第一節的「細菌人」開始，心裡就糾結成一團，因為往生者是我多年前讀研究所的指導教授，一位與人為善，和藹可親的長者，當時我跟小小燕醫師就有互動了。隨著小燕醫師秉持科學人的精神，以實證來推論，一件一件地研究到最後一章，真的是不忍卒讀呀！我一直問自己：「怎麼會發生這種事情？怎麼會發生這種事情？」如果之前小燕醫師有讀到市面上別人有寫的這種書，一開始的處置會不一樣，結果也會不一樣，但人生事是沒有「如果」，這次的「結果」真的很難接受的！

現在小燕醫師把這些章節集結成書，可以讓世人了解白色巨塔裡發生的一件不可告人之事，如果您有親戚朋友生病住院，應該可以得到很多啟發。**孟子說：「不忍人之心，仁之端也。」**小燕醫師不忍類似的不幸會發生在別人身上，才是這本書問世的初衷！

游宏樞

蔡教授的第一位研究生，曾負笈美國，任國際藥廠研究員，返台後在行政院衛生署、台灣藥廠服務過。

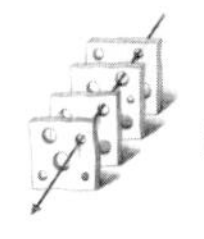

醫療與信賴

當醫師的至親也遇到醫療糾紛時，您會選擇如何處理？
容忍他們繼續行醫？還是提告幫死者與家人討回公道？
您有一位把您當家人的醫師或健康醫療顧問嗎？
這是一本非常真實，提醒醫護人員更小心注意，不要犯錯的書。

小燕醫師是我的大學同學，我們喜歡叫她Swallow（最美的燕子女神）。我們認識好久了，沒想到竟然快三十年。前陣子在FB上看到Swallow的文章，很驚訝，因為記憶中她一直是個快快樂樂的人，從沒有為賦新詞強說愁，po這些文，完全不像這隻小燕子會做的事。文章看著看著，只覺得心痛，朋友的爸爸，就像自己的家人，這是每個人都會遇到的事，忍不住，也流下了男兒淚，陪著Swallow一起悲傷、憤怒、心急……，這是不應該發生的事啊——身為醫師的我，完全清楚知道。

醫療糾紛、醫療過失、醫療訴訟是現今每位醫護人員的最大夢魘，我也曾遇到過，雖然最後全身而退，確實也令我元氣大傷；沒有人願意遇到這些事，更沒有人喜歡或故意傷害他人。但也不能否認，醫界中有許多醫護人員，並不重視病患權益，甚至故意或無情地造成病患傷亡。我不能因為自己是醫生，曾經走上法庭，就喪失辨別是非的能力，我不能讓一些老鼠屎壞了一鍋粥。錯誤的醫療，不應該發生的事，是身為醫師的我也不喜歡的，絕對也願意挺身而出，不會畏懼，希望大家看看這本書——不只是因為Swallow是我的好朋友，好同學，更因為大部分的醫者，都是有良知，站在正義一邊的。

這是一本可以提醒我們更小心注意，不要犯錯的書，很多時候，醫師多做或少做了一些事，是會造成病患死亡的，一定要多加小心防範。

這幾年，我離開區域醫院，主持了一間「全信賴診所」，就是希望做一整個家庭的全人照護者，用更仔細的衛教，使每個人了解自己的身體，避免錯誤或不必要的醫療，「用醫療救蒼生」，也是我的小小願望。

希望等這本書出版後，大家來買Swallow的書！

賴信全醫師

大甲全信賴診所

燕子醫師的故事

醫院後門的小巷子，常常是我遇到燕子醫師的地方。我在身心科服務，平常接觸的一部分族群是兒童和青少年；而燕子醫師是兒童神經科的專家，我們照顧的孩子們，有些重疊、有些需要合作。這條巷子不長，遇到燕子醫師時，常常都是在討論病房的某某孩子，需要幫忙、或是門診的誰誰誰，需要轉介什麼資源。

在某個陽光豔麗的日子，同樣的這條巷子，同樣遇到燕子醫師。但不再像之前討論或交班病患，她問我「你認識擅長處理醫療糾紛的律師嗎？」嘴角有些顫抖，臉色不大好看。

我一驚。

當每個人說出「醫療糾紛」四個字時往往都不是好事。從醫師口中說出，代表的可能更是嚴重的事。我先回應「怎麼了？」伴隨著至今寫這篇序時還能感受到的心跳加速和微喘。

當時的腦中閃過「醫療糾紛？燕子醫師遇到的嗎？還是醫院的誰遇到了？不會吧？以我知道的燕子醫師，行醫風格應該不至於吧……。」閃過這麼多念頭的同時，燕子醫師才說出這個醫療糾紛的簡略始末。聽完，我只能沉默。

原本，燕子醫師的個人臉書頁面常常都是歡樂的，跟她實地接觸的過程中，也能感受到她率性與爽朗；當然，也有對醫療的堅持。在我知道這件醫療糾紛的始末後，燕子醫師的臉書頁面氣氛變得不大一樣。隨她一次又一次的打卡和敘述，我陸陸續續知道了整件事情更完整的經過。接著，就是這本小說的雛形。

身為醫療工作者，在學校和醫院學習與訓練的過程中，前輩和師長們耳提面命的常常是「以病人為中心的醫療照顧」、「醫療決定要考慮到個案的個別需求」、「醫病共享決策」等等，不斷提醒自己要保持專業，也要保持謙遜。然而，在醫療場域中，我也不得不承認，曾經看過一些醫療工作者的所作所為，的確是值得商榷的。醫療業跟其他所有行業一樣，絕大部分是高度自律、要求自己的人，但仍不可避免地有著可能需要檢討改進的人。醫者並非萬能，也不該高傲。盡可能傾聽、盡可能理解、盡可能合作，才能讓醫病之路走得順遂綿長。

我相信這本書的書寫，帶有梳理、療癒和教育的作用。燕子醫師在這本書中補充了一些醫學相關的說明，讓這本「小說」更像是「醫普」書籍，但字裡行間中的情緒是很清晰的。我不知道這本書會引發那些迴響。我希望不要有更多的「仇醫」情緒，但也希望醫療糾紛相關的法規或審理程序，能有更詳盡的討論。更希望所有人都能身體康健。

精神奕奕　林奕萱醫師

高雄市阮綜合醫院身心內科／精神科醫師、兒童青少年精神專科醫師。

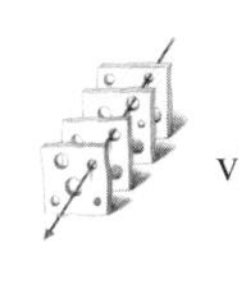

爸爸，您永遠是我心中的巨人

蔡金燕

我是兒童神經科醫生；從沒想過當作家，更沒任何寫作習慣，我沒有很關心政治，只是很普通的媽媽。因為工作的關係，非常相信台灣醫療；我受過完整醫學教育，也清楚一個醫生應該做什麼，更明瞭健保有多好，醫護人員該如何照顧一個病人。

這是我父親成為「**醫療被害人**」的傷痛故事，文中角色均經修潤；關於醫療進程，幾近真實，我無需創造太多，現實已夠精彩。很想冠上真實姓名、院名、地名，但我算厚道也不想惹麻煩，可是我內心非常渴望由法院認證這本書的真實性。

有人質疑我寫這本書的意圖，恐懼破壞日漸不堪的醫護形象與醫病關係，甚至汙衊、阻止文章刊登。我認為實在膚淺，一般病患還是相對尊敬醫師，也確切相信醫療；背棄病患、傷害病患身體的醫療人員，絕對是特例。我希望這本書提醒醫療人員：多點小心、少些錯誤。正常的醫護人員不用聯想太多，看完書再來反對，不需與這種人同流合汙。

《醫療法》第八十二條修正，改變醫療訴訟制度，是醫界努力的成果。希望有機會用「法」的角度論述這些事。寫文章有非常好的療癒效果，我太無力，無法扭轉時空、謬誤。

僅將這本書獻給台灣醫療制度下，卑微的我的父親。

紙飛機

楊允辰

記得外公經常帶我們去他的學校辦公室，當時我覺得大學教授沒什麼了不起，大概是外公很謙虛、很樸實的緣故吧。

外公仔細折了一架紙飛機，好逗他兩個活潑好動的孫子開心。我對著紙飛機頂端哈口氣，在這冷冽的冬天，用力向空中一擲，紙飛機飛得又高又遠，外公半跑半跳幫我撿回來；再丟，外公再次撿到我手心；我又丟，這次我等了好一會兒，紙飛機仍回到我的掌心，只是耳邊伴隨一點喘息。

這回，我加了一個助跑、更用力、跳起來，ㄒㄧㄡ——好高好遠啊，卡在了天邊的屋簷。我站原地等啊等、等啊等、等出了一股焦躁與不安。我相信外公一定會回來，我相信外公很堅強，我相信紙飛機不遠——好熟悉的畫面啊……。

外公，您怎麼捨得讓我這臭孫子再也等不到您啊？

我們都明白事情並不單純。我是個叛逆的少年，你越是讓我住嘴，我越放聲咆哮。我明白，原地流淚無法沖刷傷痛。我以寫作抒發對外公的思念，我以寫作還原事情的真相，我以寫作讓外公的身影，得以用文字的形式永駐時空的長流。

第一章　引

1. 細菌人

二〇二〇年三月十二日

我呆呆地站在病床旁，輕輕用指尖張開爸爸的眼睛，我的老花和著加護病房昏暗的燈光，隱隱約約好像看到，爸爸的瞳孔，已經死沉沉地擴張了，黑壓壓的像個深洞，拉著我墜落。爸爸的眼角膜濁濁的，和我記憶中又圓又亮的大眼睛似乎不大一樣。

爸爸一直驕傲自己的雙眼皮又深、又漂亮，我一直懷疑我有原住民血統。

我輕輕搖搖爸爸的頭，眼珠定邦邦的，這個動作，我已經做過很多次了。

每次，我都會告訴身旁的醫護同仁：「你們看，在搖動患者的頭部時，如果眼球已不會跟著左右移動，這個叫沒有『Doll eye sign』，代表這個病患的腦幹已經受損了。」

沒錯，醫生說，我爸的腦子已經大片出血，所以他的腦幹也壞掉了。

爸爸的頭上有一個電視，播的不是爸爸最愛的中天新聞，或是民視連續劇，而是搭─搭─搭─的，一下一下數著他的心跳，這個心律不大規則，每三五下，就會多一跳，我知道，這叫VPC（心室早期收縮）；上次來，EKG（心電圖）還沒有這樣。我知道，只要連續三個以上的VPC，就很容易變成VT（心室頻脈）。VT就可怕了，只要發生，沒有電擊，就代表這個病患的生命即將消逝，終將走到盡頭。每當面對這種病人，我就會call家屬來，大肆解釋一番，其中，也希望家屬簽上DNR（註1、2），我的妹妹已經勇敢地簽下了——這代表爸爸會比較輕鬆走這一遭。

只是這次，我是家屬，我的心裡清楚地不得了，好像手上正拿著爸爸的生死簿。

「快了！」我默默地告訴自己。

我順了順爸爸亂七八糟的花白頭髮。這大概是我記憶中，和爸爸最親近的時刻吧。

我和家人的感情並不親密。

我在爸爸耳畔輕聲地說：「爸爸，不要擔心，我們都會照顧自己的。」

「我一定會去法院，一步一步，為您申冤的。」

我的爸爸不是一個好戰的人，我非常期待，這時候爸爸會跳起來，瞪大眼睛，驚嚇地告

註1：正常狀況下，人的心跳每分鐘約六〇至一〇〇下，若心臟傳導系統被擾亂，導致心跳太快、太慢、或不規則，稱為「心律不整（cardiac arrhythmia）」。

註2：DNR意指拒絕心肺復甦術（英語：Do not resuscitate，縮寫為DNR），當病人罹患嚴重傷病，經醫師診斷認為不可治癒，且病程進展至死亡已屬不可避免時，病人或家屬同意在臨終或無生命徵象時，不施行心肺復甦術。DNR不影響除了氣管插管與心肺復甦術以外的其他搶救手段，患者仍可選擇接受化療、抗生素治療、洗腎等。

訴我：「金燕啊—麥安餒啦——人家醫生醫術足厲害啊——他們是權威啊——麥安餒啦——安餒不好啦——」

但，爸爸一樣深沉地睡著。

喔，我忘了，爸爸的重聽很嚴重，也許是我的聲音太小了。

我該更大聲喊醒他嗎？還是該更大力搖醒他？

我搖了搖頭，我的心很清楚、很明白。我是個專業的醫生啊！這不是爸爸一直為我感到驕傲的事嗎？我對好多事都太清楚、太明白，讓我的心充斥著滿滿的恨。

「我一定要告死他們。」我不斷地告訴自己。

但爸爸一定不希望我這樣。他是個很好，很囉唆，又很膽小的人；和我一點都不一樣。想著想著，我的眼睛模糊起來，淚像水龍頭一樣漱漱地落著。我不知道如果爸爸看到我這麼哭，會說什麼——因為我已經好久好久沒有在爸爸面前示弱了。

他一定很無奈，擔心得不知道如何是好。我倒是可以想像爸爸那個無能為力的表情，爸爸對很多事都是很無奈的吧？包括他現在嘴裡塞了這麼大的一支管子。

呼吸器一下一下規律地打著，一分鐘十四下。

醫生說，昨天晚上開始，爸爸已經懶惰到一下都不願意自己呼吸了。

理智一下將我拉到醫學的現實。

對了！老爸的腦幹已經壞掉了，右腦也大片出血，中線更歪了一邊，這已經是上個禮拜的舊聞了，只要看到這樣的電腦斷層，我們都知道，這個病人完蛋了……只是今天，完蛋的是我爸爸。我脫掉了隔離衣，偷偷地擦掉眼淚。還好，我戴著口罩，大家應該不知道我的心裡在想什麼……我已經當了二十多年的專業醫生，我已經很習慣在陌生人前隱藏我內心真正的想法。護理人員還親切地提醒我要洗手。

現在，爸爸的血裡、心裡，滿滿的，都是超級細菌。

如果，現實的人生，是一部卡通片，我想，爸爸現在應該扮演著細菌人的角色。

我的爸爸，是細菌人。

2. 秘密

二〇二〇年二到三月

書桌旁的病歷已經靜靜地在牆角躺了快兩個禮拜了。

三大本，四千塊，孤零零地放在大紅色的塑膠袋裡。

這疊爛病歷，那個魔鬼一樣的艷紅色，不知道在得意什麼。

我很懦弱，不敢打開這疊病歷——不是因為這疊病歷，像磚塊一樣厚重。我是一位非常資深的主治醫師，當住院醫師時，就常常整理一本又一本厚厚的病歷。這幾疊病歷，對我就像吃蛋糕一樣，我非常自信，應該可以唰唰唰地一下就看完。

但，我很害怕發現什麼，因為這一切都太奇怪了——我的爸爸怎麼會變成細菌人？

我想，很多親朋好友躺在加護病房的家屬，應該跟我有著同樣的想法：

「怎麼會這樣？」

「進來的時候不是好好的嗎？」

「醫師不是說沒有問題嗎？」

「醫師不是很厲害，很有把握嗎？」

過去家屬問我這些問題時，我大部分都知道怎麼回答，我會很誠摯地告訴家屬，到底發生了哪些事、我們做了什麼努力、一切有多少為難……我一直覺得我是個認真的人，大部分的家屬都會接受並選擇原諒我們的困難，**醫療畢竟有其極限**。我一直自豪於自己的醫術和認真，我也一直深切地認為，大部分的醫生都是努力又可靠的人。我常常建議我的親友，要相信醫生。畢竟，台灣健保的世界奇蹟可不是蓋的。而且，醫生是全台灣最聰明的一群人所組成。我非常熱愛我的工作，我也相信所有的醫護同仁都是好人。

但這次，我動搖了，很害怕如果打開這潘朵拉的盒子，我平靜的世界將變得動盪不安。

我很害怕會發現什麼。

我滿腦子只有恨和疑問。

為什麼？為什麼？為什麼？

我的先生是個溫和又聰明的人，他長得又高又斯文，頭髮又茂密，在醫師界扎扎實實就是帥哥一枚。我不知道上輩子燒了什麼好香，平凡如我，可以幸運捕獲這隻鮮肉。他看我每天糾結。畢竟，他是我的王子。他優雅地、勇敢地打開了病歷，一個又一個的秘密，就這麼輕輕解開。

那天下午，我正在看門診，這個時間，我先生儘量不會打擾我，除非他無聊到皮癢。手機周杰倫〈簡單愛〉的音樂鈴聲登登響起，這是我老公的專屬鈴聲。可惡，這傢伙今天不知道又再瘋什麼，這時間竟敢打電話給我。我不耐地拿起電話：

「喂～」

沒想到，電話中，個性冷靜的先生急促又混亂地告訴我：

「你一定要去看那個病歷！你一定會看到很多事！你一定會知道很多事！你一定會發現所有的事都是有關係的。你一定要去看。你一定看得懂。你一定可以得到所有你要的答案……」

轟轟像雷打在我的頭上，剎那間，我定格了。

接下來他說了哪些話，我都聽不大清楚，只是敷衍兩三句地應答著。

「是嗎？是這樣嗎？真的是這樣嗎？」

該面對的，還是需要面對。又拖了兩天，我才有勇氣打開病歷。

一頁頁翻著病歷，病歷內滿滿都是英文的專業名詞，對我再熟悉不過。從十八歲之後，我的生命就充滿這些東西，我一生的努力好像只為了從醫而活。一般人的心裡總是認為醫生很厲害，其實醫護人員的生活都非常狹隘，除了醫學所知有限。

許多醫護人員都得意洋洋於自己的偉大醫術與團隊，沒有更深刻地思考與反省。

我想，這也是很多**錯誤的開端**。

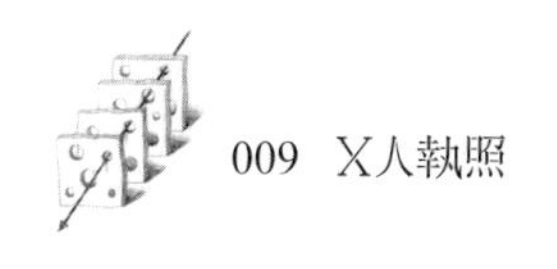

3. 神棍

我一直是個陽春兒科小醫師，在區域教學醫院上班。我一直滿足於自己的生活：上班，下班，帶小孩，罵老公，和同事朋友吃飯開玩笑，偶爾逛街出去玩。領著不多卻OK的薪水。偶爾科內會來些年輕的醫師，我也很熱衷於教學，常常是科內的最佳教師。

想想，這樣的生活真不錯，也很好玩。醫學對我而言，已比柴米油鹽更熟悉。

但面對病童，我一直是認真的——父母既然把孩子交到我手上，一定要認真對待，我總是詳細分析孩子的病情，審慎地開下每一劑藥方。我是兒童神經科的醫師，兒童神經科的疾病常常更為複雜，父母的心情總是煎熬。望著父母心碎的雙眼，我常忍不住偷偷拭淚。畢竟，我也是為人父母，但我不希望工作場合認為我不專業。我一直認為大部分的醫師也像我一樣，應該會認真看病。

當然我也常常看到很多醫生，舌燦蓮花，根本是詐騙集團。比如說，常聽到醫生說：我不會開抗生素給你吃，然後發現這個病人已經吃了一年的類固醇。

我的小兒子小寶是個活潑的搗蛋鬼，有一次發燒後就開始跛腳，小寶是我的孩子，醫院同事也很關心，告訴我這可能是細菌感染造成的骨髓炎，骨髓炎很糟糕，若長在長骨，可能破壞生長板，將來就會長短腳，這可是會影響一輩子的遺憾事；諮詢了幾個醫生的意見，仔細評估後，就幫孩子的膝蓋照了一組核磁共振——雖然沒有看到骨發炎，卻像中了樂透彩般，在他的左膝發現一團奇怪不知名的東西。我是小寶的媽媽，剎那沒了主意，透過交情，就把片子陸續詢問過好幾位放射科和骨科醫師，聽說這張片子還上了好幾個南部醫學中心的影像討論會，卻沒有得到任何結論，沒有任何醫生知道這團東西是什麼。我非常焦慮與難過，慌亂中打聽到某個醫學中心的骨科大教授，權威可不是好找的，特別對我這種小牌醫生而言，只能找到權威醫師的嫡傳弟子，就不錯了。

這個年輕醫師可厲害了，他看了看片子就說：「這可能是罕見的＊＊腫瘤，我必須用關節鏡看一看、清一清，不然，這個東西會一直長。」

天啊！我的小寶才三歲，怎麼會長這個奇怪的＊＊腫瘤？我把教科書拿起來讀——奇怪，這個罕見的＊＊腫瘤，好像不會長在小孩腳上，難怪我這個陽春小醫師沒聽過。我們區域醫院的放射科主任，跟我交情好，知道我每天以淚洗面，非常仔細地查了很多書，誠摯地告訴我：「我不是看小孩骨頭的專家，我也不知道這是什麼，但我可以告訴你，這不是＊＊腫瘤，而且，臨床表現一點也不像。」非常感謝這位醫師的認真體貼與溫柔。

後來，我又致電權威的嫡傳弟子，婉拒關節鏡的建議，一方面想拜託這個嫡傳弟子可不可以好心協助詢問他的權威老師？沒想到這個高明的嫡傳弟子很生氣，他說：「我的看法，就是我老師的看法，關節鏡清一清又不會怎麼樣！」

是啊，你是不會怎麼樣。沒事動動刀，對外科醫師而言，根本是小菜一碟。但我是平凡人，是一個媽媽，把刀動在我的小寶身上，就不一樣了。我像鴕鳥一樣，至今仍然不知道小寶神秘的左膝裡，藏著什麼秘密。

十多年過去了，小寶沒有長短腳，不久前才得了羽球第二名，跑得比我還快。

病人明明沒事，也可以說得天花亂墜，然後開些似是而非的藥物，做些模稜兩可的治療，就是我眼中的神棍。但病人對於這些神棍，總是深信不疑，神棍的診間常常人山人海。相信很多醫護同仁，都看過這種鳥事。偶爾，我也想學學這些神棍，胡說瞎說一番，但常常話說出口，就後悔了。在我眼前的，畢竟是別人的寶貝啊！

有一個好朋友曾經告訴我，他這一生最氣的，就是他的家教太好，學會了正直，學會了不誇大、不說謊，所以就沒辦法當生意人了。我覺得非常有道理——因為我也常為一模一樣的事，吃了許多虧。當醫生也需要像生意人一樣，要學習許多招攬人心的話術。

我常常在背後訕笑這些不道德的醫生和被欺騙的病人。醫病關係畢竟是一個願打，一個願挨，我不是什麼正義使者，當然也不會出面糾舉這些人。我從來沒有想過，如果這些不良醫師刀俎下的病人，是我，或我的家人時，我該怎麼辦？我很幸運，我的家人，都很健康。我也盡量建議家人找我所認同的好醫師看病。孩子生病時，也會給予自己所認可的藥物。

基本上，過去我還是樂觀相信台灣醫療體制的。甚至認為很多病人，是有壞心眼的黃鼠狼，總是伺機想告醫生，利用家人的死亡與病痛，好好趁機敲詐醫師、醫院一筆。現在想想，過去我所相信的事物，好像存在著某種詭異的盲點與矛盾：醫師雖然是由台灣最聰明的一群人所組成，但頂尖不一定是善良。我身邊的神棍真的好多。過去我只是假設自己的親人碰不到神棍，如果碰到了，我一定會聰明地阻止一切發生，就像我不讓醫生用薄弱的理由，拿關節鏡到小寶的左膝裡玩一玩。

從來沒有想到，我的親人運氣這麼不好……

4. 主任

這三年多來，我的人生起了很大的變化。

我永遠忘不了，那是在西班牙發生的事情。那時是我的人生最高峰——我終於還完房子貸款，銀行還有一筆小小的定存，體重更創下史上新低：四十三公斤。我每天跑步，覺得自己美得像朵花。我有穩定的工作，帥氣的老公，兩個可愛的兒子。人生最美滿不過如此。

那天我在西班牙，接到了一則Line。自此，我變成區域教學醫院的兒科主任。

一開始，當兒科主任純粹為了好玩，醫院行政工作對我而言是完全陌生的領域，酸甜苦辣，爾虞我詐，保證值得寫三本小說。

為了兒科的醫療病安文化，我做了一件非常重要的事，就是TRM。

TRM是Team resource management的縮寫，也就是「團隊資源管理系統」。文寫至此，你們一定覺得很怪，不是要寫爸爸的故事嗎？怎麼盡寫這些風馬牛不相干的事物？

不，這很重要，非常重要，這也是我比一般人更憤怒的原因。不只是我的臨床醫學背景，能讓我清楚地判斷醫療處置正確與否，更因為我的醫務行政經驗，我非常明確地知道：一個醫院應該用哪些武器，來維護「病人安全」。衝著這點，就知道為什麼很多醫療判決，最後都歸咎於「醫院」的監督之責，了解這些，就知道醫院有多該死了吧……。

抱歉！我應該鎮定一下，收起我的憤怒。我只是在說個故事，不該帶有太多情緒。

TRM是Team resource management的縮寫，也就是團隊資源管理系統。TRM的爸爸，是美國人，就是TeamSTEEPS。而TeamSTEEPS的爸爸，是來自航空界的，也就是CRM。很複雜吧！

簡單的說，從一九七〇年代起，飛安事故層出不窮，我永遠記得小時候，電視新聞常常在播飛機失事，《玫瑰之夜》（註3）也老說些飛機事故的鬼話連篇，我總是嚇得半夜睡不好覺。時至今日，大家仍覺得坐飛機很可怕。

美國畢竟是個科學先進國家，不會用什麼風水不好、冤親債主，來解釋飛安問題。美國國家航空暨太空總署（NASA）研究時發現，許多空難都歸咎於機組人員的失誤，也就是「人為因素」所造成，所以就發展了機員資源管理（Crew resource management，縮寫為CRM）來降低人為疏失，增進飛航安全。

分享近期發生的事吧：

- 二〇一五年二月四日復興航空二三五號班機空難：大家應該還記得基隆河上橫著飛的復興航空吧，飛安會公布事實資料報告：認為空難為「人為操作」事故。
- 二〇一四年三月八日馬來西亞航空三七〇號班機失蹤事件，經馬來西亞跨國大規模的調查：無論是機長劫機論，機長自殺論，劫機猜測，恐怖襲擊論等各式說法，都屬於「人為」因素。

● 近期UH—60M黑鷹直升機二〇二〇年一月二日失事，一次折損了台灣多顆星星。空軍公布事實調查報告：研判失事原因為環境與「人因」複合因素。

這個結果令我非常驚訝，我是一般人，總認為飛機失事，非常可怕，機長的技術應該非常好，還有副駕駛，自動電腦駕駛等。飛機失事應該是天氣不好，像雷劈下來，碰一聲的就爆炸；或不小心開到百慕達三角洲之類的，這是我所能想像的理由。

但美國國家航空暨太空總署（NASA）研究時竟發現，失誤可以分為：

一、不同機員間出現溝通問題。就是你講你的，我講我的，反正我也不聽，或聽不懂你講什麼。

二、機員間的工作分配不清晰。就是你以為這是我要做的，可是我不知道我需要做；或重要的我來做，爛的給你做。

註3：《玫瑰之夜》是一九九〇年代台灣紅極一時的綜藝節目。其中的《鬼話連篇》是台灣電視史上第一個靈異單元，具有非常高的收視率。

三、機員並沒有一個好的領導者，資深機師經常忽視甚至鄙視年輕機師的意見。就是我才是老大，你是哪根蔥，我說的才是對的，我才不鳥你。

四、機員在危急情況作出錯誤決定。太緊張了，或沒有經驗。

其實第四點，是我最能理解的一點；因為「航空有其不可確定性」，我想沒人知道遇到外星人，是應該逃跑、或和善地說哈囉！

美國醫療界知道了這件事，發現醫療與航空界有很大相似之處，於是CRM就生了TeamSTEPPS這個美國兒子，專門使用於醫療。後來台灣醫療界也覺得非常好，醫策會就於二〇〇八年將TeamSTEPPS引入台灣，使其中文化，定名為醫療團隊資源管理（Team Resource Management，就是TRM），目的就是在改善醫護人員團隊合作能力、減少因溝通不良或者各自為政導致醫療錯誤，進而全面提升醫療品質與促進病人安全。

我剛才說到，我是醫院醫療小主管，當然覺得：每個兒科病人的安全都很重要，所以就必須學TRM了！

5. TRM

說到TRM就一定要提到台灣的TRM推手，奇美陳志金醫師。奇美陳志金醫師最近出了一本新書，《ICU重症醫療現場：熱血暖醫陳志金　勇敢而發真心話》，在這裡也推薦一下，如果所有的醫護人員，可以這樣暖心，就實在太好了。

我非常尊敬也感激陳醫師助我走上TRM的路。更常常在我疑惑時給我很大幫助。雖然沒有拜陳志金醫師為師，但某個程度上，我認為陳醫師是我TRM的師父。

阿金師曾誇我這麼年輕就做得不錯，將來大有可為。其實，陳醫師年紀跟我差不多，我只是個子矮小罷了。

推行TRM後，開始有一些機會，遊走於各大醫院，甚至到醫策會分享TRM。

為了準備教材，陳志金醫師從不吝惜分享資料給我。

其中有一個影片，很吸引、觸動我的原因，不只是因為這是兒科的病例，是因為實在太誇張了！要注意，這是發生在美國欸！美國醫療不是很厲害的嗎？這麼厲害的地方怎麼可能發生這些錯誤？（雖然最近新冠肺炎（註4）的疫情，美國的表現讓我們有點失望，但外國的月亮，一直是比較圓的。）

內容大概是這樣：一位叫Susan（Sue）的媽媽，他的兒子（Cal）出生在一家很厲害的美國醫院，出生沒多久，就發現小寶寶Cal有黃疸。我當實習醫師的時候就知道，出生二十四小時以內發現的黃疸，叫病理性黃疸，這是有問題的。Sue媽媽當然不知道什麼叫做病理性黃疸，但Sue媽媽很擔心，問護理人員怎麼辦，護理人員很淡定，說：「沒關係，觀察一下就好了。」但，沒有做任何檢查。

之後，好幾次好幾次的「沒關係，觀察一下就好了。」醫師就要Sue媽媽帶小寶寶回家。

這時候，Sue媽媽已經發現小寶寶Cal的皮膚已經從頭黃到腳了。這個很誇張，我當住院醫師時練就一番好工夫，用眼睛就可以判斷小寶寶黃疸值有多高。常常在門診，有擔心的媽媽詢問我，寶貝有沒有黃疸？肝是不是不好？其實，有沒有黃疸，看眼白就知道了，正常人黃疸值小於一，若眼白黃黃的，大概黃疸值介於二左右；很多小朋友吃了很多南瓜和紅蘿蔔，手掌腳掌黃黃的，但眼珠子黑白分明，這是茄紅素引起的，和黃疸沒有關係。

新生小寶寶黃黃的顏色，若從眼白擴散到小臉蛋然後到胸部，大概膽黃素已經十出頭，這時候只要讓小寶寶照照光或簡單處置，小寶寶很快就會白回來（註5）。

但如果新生小寶寶有黃疸，而且連小腳都變黃了，我一定不管三七二十一，立馬收小寶寶住院，膽黃素這麼高，會造成可怕的腦部損傷，一定要快點處理。

可是這個醫院非常猛，心臟很大顆，還是要Sue媽媽要帶小寶寶Cal回家，然後發了張不大對的衛教單張，請Sue媽媽帶寶寶Cal多多曬太陽。

就這樣，小寶寶Cal情況越來越糟糕，Sue媽媽當然很緊張。

這個很大間的美國醫院，仍然老神在在，只會像錄音機般不斷倒帶跟Sua媽媽說：「沒關係，繼續觀察就好了。」

之後小寶寶Cal終於住了院。我想，這時候Sue媽媽一定覺得謝天謝地，終於有天神般的醫師，願意救Cal寶寶了！

註4：新冠肺炎即嚴重特殊傳染性肺炎（Coronavirus disease 2019，縮寫：COVID-19），是一種由嚴重急性呼吸道症候群冠狀病毒2型（縮寫：SARS-CoV-2）引發的傳染病。該病最早於2019年發現，其後此病在全球各國大規模爆發並急速擴散。目前仍在持續擴散中。

註5：新生兒黃疸是很常見的狀況，大部分也都是短暫且良性的。然而，太高的黃疸數值，可能造成新生兒的神經損傷；在治療診斷技術進步的現代台灣，這些嚴重腦病變已不常見；然而在開發中國家，核黃疸（慢性腦部病變）仍造成嚴重後遺症：如舞蹈性腦性麻痺、聽力受損等。

但命運之神，總是殘酷的。小寶寶 Cal 雖然住院，該死的醫院還送錯檢體，做錯診斷……。終於，小寶寶 Cal 開始有腦部受傷的典型症狀：尖銳哭聲，呼吸窘迫，張力過強，角弓反張。

我是兒童神經科醫師，我非常清楚，小寶寶 Cal 長大後一定會變成非常嚴重的「舞蹈性腦性麻痺」。我小時候常看電視，連續劇中有一種人看起來怪怪的，叫「康安」，這種孩子講話不清楚，肢體扭成一團，常常流口水，大家都欺負他。

我當醫師後，才知道「康安」是因為小時候黃疸太高，造成膽黃素沉積在基底核、小腦等控制動作的地方，所以小寶寶長大，智力可能是正常的；如傑出青年黃乃輝和畫家黃美廉，都可能是核黃疸造成的「舞蹈性腦性麻痺」。

因為種族的關係，美國黃疸的新生兒比較少，這可能也是誤判情勢的原因。所幸，台灣近年來有全民健保，醫療、經驗都是前所未有的進步，核黃疸的孩子已大幅減少。

我非常驕傲於台灣的醫療。

Sue 媽媽之後還講了她丈夫的故事，這個故事比扯鈴還扯，但畢竟我是兒科醫師，這個故事比較不吸引我。

我已經看了這段影片很多次，每次都能觸動我的心。

最讓我印象深刻的是Sue在描述這些故事時的語調，那是刻意地、平緩地、壓抑地；但那堅定平靜的聲音中，帶著微微顫抖。

Sue非常忍耐克制的，是恨與怨。

這是一個非常憤怒的女人。

憤怒的女人，是很可怕的。

還好，Sue巧妙地轉移她的怨念：

她在傷痛之餘，將悲憤化為大愛與力量，極積推動病人安全與醫療團隊合作。將病人及家屬視為醫療團隊的一員、改善醫療成員之間的溝通、摒棄本位與階級、展現良好的團隊合作，才能保障病人安全。不只是為了病人，也是為了我們自己：有一天，我們也會老、也會生病；我們摯愛的人，當然也會生病住院。

不安全的醫療環境，我們將會是下一個受害者。

我仿效陳醫師，常常把這個影片，作為上課的引子，因為聽說這樣做，很能引人入勝。

只是，沒有想到有一天，我也會變成一個非常憤怒的女人。

6. 意外

除了Sue的故事，TRM還有一些資料引起我的注意：有一張投影片是這樣的：「『醫療疏失』是美國意外死亡的第一名，其比例甚至遠遠高於車禍、墜樓、溺水及空難。」我很驚訝這個結果：醫院不是應該是很安全嗎？

一般的人一定是生病了，才會到醫院。有誰會想到，因為病痛，待在醫院，接受醫療人員專業時，竟然是最危險的？會發生醫療失當行為，導致病患受傷、殘廢、甚至死亡。而且比例遠遠高過車禍，甚至是空難。

換句話說，在醫院看病，只是誤以為自己應當很安全，應該受到照護；但卻被醫護人員，不小心弄死、弄受傷的比例，竟比被車撞死、坐飛機摔死的比例還高。

每天，我都不厭其煩地告訴我的孩子：出門小心、離車子遠一點、看到危險的人不要跟他們說話、不要亂吃東西、心情要保持愉快、不要想不開……。

但看到這些數據，應該是我的孩子提醒我：「要好好看病、專心些不要害死人啊！」

我不大能接受「醫院很危險」這個事實。但過去上課時不曾想太多，也不知道為什麼學員們都非常聰明，總知道「造成美國意外死亡第一名」的標準答案竟然是「醫療疏失」，很

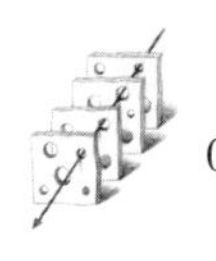

少有學員回答錯誤。

我不知道「醫療疏失」這件事對大家有什麼意義，只是這張投影片主旨在強調「病人安全」是醫院非常重要的一件事，醫院必須做非常多措施，來避免「人為疏失」。我倒是想請教所有醫護朋友：有想過「每天上班，是在當劊子手或傷害犯這件事嗎？」至少，我是從來沒有的。

那，這個上課數據是在騙人嗎？

還有一個理論也很特別，叫「瑞士起司理論」（Swiss Cheese Model）。大家看過瑞士起司吧，裡面一個洞一個洞的，通常這些洞不會恰巧連通。但是，起司中，若剛好那麼湊巧，有一個接著一個洞，巧妙集合一起，就能讓一束光，像開火車般，直線穿過。這是代表若「意外事件」不幸發生，「湊巧同時存在」，意外事件就能大搖大擺地穿過每一道防護措施，無法阻擋。有如層層起司中，有一組孔洞的恰巧集合，讓一束光線直接穿透。

當檢視之前所說的飛安事件和現在提到的「醫療失誤」時，尤其能看到這種「一步錯、步步錯，一直錯，死不認錯。」一直到最後引發不幸的例子。

「瑞士起司理論」是在告訴我們：只要悲劇發生的任一環節，多加小心防範，不要太鐵齒、不要太白目，不幸的傷害事件也許就可以減少發生。

台灣醫界的大老闆衛福部很聰明，知道「病人安全」是醫療品質的根本，所以委託醫策會，對所有醫療機構進行評鑑，以加強「病人安全文化」並深植在每個醫護人員的心中。我想，如果所有醫療機構和醫護人員都可以確實了解，並且實踐對「病人安全」的重視，我今天也不用在這裡忙著打文章給大家看了。

我服務的醫院隸屬區域級醫院，為了符合醫策會的評鑑，必須標榜「以病人為中心」，確保醫療照護品質，成立了「醫療品質暨病人安全委員會」簡稱「病安委員會」，我是這個委員會的成員之一。原本覺得參加這個委員會非常無聊，開會時都在上網、看 Line、發呆。但在很多次開會之後，我慢慢明瞭這個病安委員會，致力於提升「病人安全」，更義不容辭協助兒科，利用院內資源，讓我們同仁去醫策會上課、學習，甚至參與院內外競賽。

漸漸地，我心中的病安種子，慢慢萌芽、茁壯。

我覺得「醫療品質暨病人安全委員會」是個非常了不起的委員會，兒科內的所有醫護同仁更是認同「病人安全」是非常重要的一件事。

除了之前說的醫療團隊合作（TRM），我更學習了醫病共享決策（SDM）、HFMEA、RCA 等等，這些難記的英文縮寫，都是用來增進「病人安全」的妙方。我們產兒科團隊還參加了院內的醫療品質競賽，得到非常好的成績。

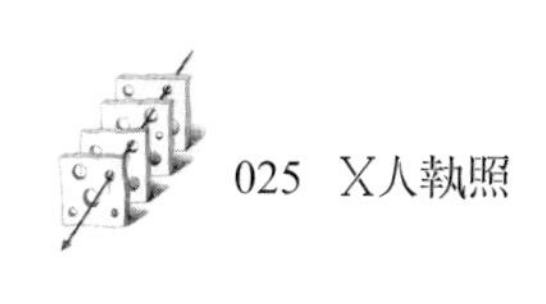

之前說的TRM推手，奇美陳志金醫師，就是在我們很嫩的階段，去奇美醫院，參加二〇一七年醫策會「醫療團隊資源管理與病人安全文化演討會」優良海報獎比賽所認識的。我們很榮幸，得到醫療組第一名的佳績。

陳志金醫師更引薦我，去醫策會分享。在很多次的院外學習，我認識了很多不同醫院的醫護同仁，他們在病安上的努力，非常令我動容。

我第一次發現，所謂「醫術」只是醫院運行中，最簡單的一個東西，真正的「病人安全」是需要很多夥伴共同努力才行。我覺得可以在醫院系統中做一個醫療小主管，是件非常有意義的事。不只可以讓我認識各大醫院的臥虎藏龍，也讓我更熟悉醫院行政體系，及各式評鑑運作。在醫療醫術上，我是隻識途的倦怠老馬；在醫療管理上，我是個新手，每次都有新的挑戰。

我越發覺得：能用自己微微的力量，和一群少少的團隊夥伴，在醫院努力打拚，幫忙這群小小的孩童，做些病安的事，真是浪漫又有趣！

很幸運，有越來越多同事，從不認同、疑惑，到參與、支持我們。

我非常感恩醫院及上天，給我這個機會。

更感謝所有陪伴團隊一起成長的人。

第二章　童年

7. 救護車

二〇一九年十二月二十一日（六）

夜裡，我的電話急急響起。

通常，這個時間是沒有人會打電話給我的，我是個沒有夜生活的人，生活規律到像軍人一樣。晚上是我和我家人相處的時間，除了吃吃飯、逛逛好市多，我夜晚很少出門，所以也沒有什麼特別的朋友會打電話給我。現在有事大家 Line 來 Line 去，就更沒有人會在晚上打電話給我了。

醫生在夜裡接到電話，一般都是醫院發生什麼不得了的事。比如說：生了一個情況不好的寶寶，小孩癲癇發作到沒辦法控制，或家長和護理人員吵了起來……各式各樣，有的和醫療有關，有的無關，反正接到電話都沒啥好事，常常就要坐計程車出外忙了。

我很討厭在夜裡接到電話。

電話響起，「喂—大姐——」電話那頭是我小妹從家裡打來，急得快哭的聲音。我和妹妹因為一些原因，已經一陣子沒有聯絡了，接到她的電話我有點驚訝，更不用說小妹快哭出來的焦急聲音。

「大姐，怎麼辦！怎麼辦？爸爸身體好不舒服，他已經不舒服好多天了，昨天，他去陳內兒科抽血，醫生說抽血正常，可是爸爸看起來好奇怪，他都不吃東西……」

「怎麼辦？大姊，怎麼辦？」

我不知道怎麼回答，遠水救不了近火，這麼遠，我也不知道怎麼辦？我已經有些時間沒有回娘家了。我的大兒子今年高一，過去整年都忙著考試、補習、轉換學校；醫院最近有些風波，更讓我忙得焦頭爛額。幾天前，我有打電話回家，爸爸說他不舒服，不想和我們吃飯；我也不以為意，只覺得好輕鬆。

小妹的焦急繼續響起，聲音更急了：「大姐，怎麼辦？怎麼辦？爸爸身體好不舒服……」

「快去醫院啊——這麼晚我也不知道怎麼辦——」我的口氣有點不好，不是因為不耐煩，而是**不舒服就要去醫院啊**——這是全世界都知道的道理。

「醫院？去醫院！怎麼去醫院？爸爸說他不要去醫院——」

小妹這麼回答我的時候，我就有點同情她了。小妹一定很著急，才會打這個電話給我；我們家的人有一個共同的個性，就是不喜歡麻煩別人，也不會隨便開口要別人幫忙。我整理了一下我的思緒，定了定我的心神，鎮定地說：「叫救護車，快打一一九，救護車一定會幫忙妳的，他們一定會幫忙妳的！」

「救護車？」小妹的語氣充滿疑惑。我想，她一定很害怕，我重複了一次：「對，救護車，爸爸這麼老了，不舒服，又不願意去醫院。快叫救護車，一一九一定會幫忙妳的！」

我很有信心，像老爸這種情形，叫救護車一點也不過分。

我的病人，一天到晚叫救護車：發燒叫救護車、肚子痛叫救護車，反正覺得自己很嚴重就可以叫救護車。甚至有不想花錢坐計程車，也叫救護車的奧客。

坐救護車來的病人可神氣了，不論病輕病重，都會很大聲地說：「我是叫救護車來的！」稍有延遲，就一臉屎樣。我還曾經遇過帶小孩坐救護車來醫院的媽媽，原因竟是因為叫救護車來急診，私人保險給付比較多，所以這位媽媽每次都要叫救護車來。

所幸，近年來，救護車已經慢慢訂立收費標準，濫用救護車的情形也漸漸減少，不然新聞上一天到晚都有喝醉酒的人，把救護車當計程車的離譜行徑，總是一再重複。

我再一次叮嚀妹妹怎麼叫救護車，要注意什麼；小妹說，爸爸一直在花米醫院就診，爸爸自年輕就是這個老牌醫院的忠實粉絲。花米醫院是一間和我服務醫院規模差不多大的公立醫院，我對醫院很有信心，「不舒服去醫院」天經地義。

只要去醫院，醫生一定會幫忙我爸爸的；只要去急診，醫生一定會解決我爸爸的問題。

「醫生的天職，就在救人！」

我沒有想到，這種理所當然的想法，只是我一味的天真浪漫。

這是我的失誤，也是我把爸爸推入地獄的第一步。

8. 阿公

二〇一九年十二月二十二日（日） 住院第一天

我急急趕去醫院，已經是隔天了。老爸有小妹照顧，我很安心；既然住院了，就更沒什麼問題了。現在想想，我真是個傻瓜……。

今天是週日，我的大兒子還要補習；我把所有事情交代好，反覆叮嚀，就協同我帥氣的先生和小兒子，從南都趕到西都的花米市。花米市是我成長的地方，位於四季如夏陽光普照的南台灣，我的家人住在這裡，已經五十多年。我真的已經有好一陣子沒回來了。因為我實在是太忙、太多事。回家時也很少跟爸爸說上話，大部分是在和媽媽吵嘴中，結束我的娘家巡禮，老媽有三秒惹怒我的本事。

上次回老家，是和爸媽、婆婆、家人一起到晚霞飯店吃飯，我還包了一個大紅包給媽媽。其實，我的爸爸是公教人員退休，領有十八％，輕輕鬆鬆，日子並不缺錢。吃飯聊天時，媽媽很生氣蔡英文總統砍掉老爸的十八％，而我則白目地認為砍得好。

過去每次吃飯前，老爸就提醒我一定要包紅包給媽媽，這樣他的日子會好過些。我是個叛逆的壞女兒，但有一個溫柔帥氣的好老公，這回爸爸雖忘了提醒包紅包的大事。吃飯前，我先生還特別準備一包大紅包，讓我上呈老媽。他真的算個聰明的人。

只是這次的聚會有點怪，爸爸一下忘了鑰匙，一下迷了路，爸爸年紀大了，瘦了些。他說去年底開了個結石刀，因為怕大家麻煩，沒告訴我們。爸爸就是這樣一個體貼的人，除了唱唱歌，照顧媽媽，大概就只在睡覺吧？

離開時，我不斷告訴爸爸，少開車，沒事多作運動，爸爸臉上閃過一絲苦笑，我也不以為意……。

四十分鐘的車程，很快就到了花米醫院，我的老公是個賽車手。

花米醫院是西都非常老牌的醫院，從日據時代就有了，橘瓦白牆，古色古香，流露濃厚的文化氣息；這個公家醫院占地寬廣，位於西都最熱鬧的蛋黃地帶，綠樹靄靄，和周邊熙熙攘攘的鬧區，根本是兩個世界。印象中，只來過花米醫院幾次，花米醫院很多醫師都是最知名的西都大學附設醫院訓練出來的，西都醫院是南部最具規模的醫學中心，我想水準絕對不差。老爸是花米醫院的常客，他非常熱愛這個醫院。

穿過了醫院的 7-11，塞了些飲料零食給我家小子，我就匆匆去找老爸。小妹很體貼，把如何停車、如何搭電梯、如何找病床，清清楚楚寫在 Line 上。

我的小妹是國立大學畢業的有牌獸醫，還念到研究所畢業，學歷比我還高，我一直蠻以我妹為榮；她現在在公家機構上班，結了婚，沒有小孩，住在中都，生活應該比我清閒許多。

經過了九彎十八拐，到了病房，就看到老爸和小妹在病房。小妹看到我很開心的樣子，昨晚叫救護車，又掛急診，又辦住院；小妹不像我對醫院這麼熟悉，小女子一名，一定非常為難。

爸爸就不同了，瘦了好多，假牙不知道噴到哪裡去？雙頰凹陷的令人心疼。

隱隱約約，爸爸身上竟有濃濃阿公的影子。爸爸在叔伯中，長得不像阿公，現在我才知道，是爸爸比較胖的緣故。

阿公之於我，一直是個神秘的存在。據傳：阿公是個棟樑詩人，長相風流倜儻，閒暇時就在廟裡做七步成詩之類的浪漫事。我是個庸庸碌碌的凡人，對這種風花雪月總是特別著迷。阿公毛筆字寫得好，龍飛鳳舞。我的名字是阿公根據五行八字取的——我的命格缺金又缺火，所以就取了「金燕」這個俗名字。我的同學精通紫微，曾幫我排過命盤，據說我命中汪洋一片，難怪可以收服我命中缺水的老公。

我愛跟朋友介紹：「我阿公是個詩人。」這樣會讓我覺得自己來自書香世家。只是爸爸不喜歡阿公，覺得他是個自私不負責任的傢伙。前朝往事，與我無關。記得小時候阿公來找我們，總會帶著一堆甘草糖和餅乾，我不愛吃甜的，但喜歡看阿公白亮亮的長眉毛和若無其事地瞇眼淺笑，阿公總是煙霧裊裊地抽著他的長壽牌香菸，像個無憂無慮的快活神仙。

爸爸瘦了，臉上更帶著濃濃哀愁，除了「心情」，那個長相和阿公一模一樣。

他煩惱地重複著說：「怎麼會這樣，又沒有什麼事，為什麼要掛急診，我不要住院，我不需要住院，有這麼嚴重嗎？」爸爸很在乎自己身上多了條尿管。

小妹說爸爸這一週以來的記憶消失了，爸爸不知道怎麼來住院的，他甚至覺得自己被外星人抓來。爸爸覺得很害怕，他很想回家，也很想媽媽，卻希望媽媽好好在家休息，不要來

醫院看望他。

小妹說這些話的時候，疼惜地摸摸爸爸的臉，牽牽爸爸的手。我從來沒有跟爸爸這麼親密過，小妹的舉動令我很羨慕，卻也開心有這麼好的人手來照顧爸爸。

小妹溫柔地提醒爸爸，因為自己吃不下又尿不出來，不舒服才搭救護車來的。

但爸爸完全沒有印象。

小妹轉述急診醫生的話，大概是：爸爸攝護腺肥大，尿不出來，有尿道感染，加上這幾天吃得太不好，所以血糖不大穩，腎臟功能也有點受損。然後小妹一直說急診有做腹部超音波，爸爸的膀胱怪怪的，她很擔心（小妹是獸醫，會看超音波）。另外，爸爸心臟有二尖瓣逆流（註1），這個我已經知道幾十年了，以前爸爸還問過我這個事。小妹跟我說了說爸爸的病情，醫師的解釋，我點點頭，叫我小兒子多跟爸爸聊一聊。他們爺孫倆是忘年之交。

註1：二尖瓣逆流（mitral regurgitation，縮寫為MR）是最常見的瓣膜性心臟病，二尖瓣膜位於左心房與左心室間，就像兩片門板，左心室收縮時，二尖瓣膜會緊緊閉合，讓充氧血自左心室流向主動脈，運輸到全身器官。在二尖瓣脫垂時，二尖瓣變得肥厚、鬆弛，如同兩片門板關不緊，血液就會通過逆流回左心房，造成「二尖瓣逆流」。大部分的二尖瓣膜脫垂不會影響正常生活，像藝人大S及林依晨都有這個疾病。但此病可大可小，也可能引發其他心臟問題。

二〇一九年十二月二十三日（一）　住院第二天

小妹說爸爸的主治醫師，是感染科主任洪平之醫師。洪醫師身材高挑清瘦，面容斯文白皙，是個花美男般的醫學博士。只可惜話說不多，給人非常遙遠的迷惘距離感。

洪醫師隸屬的感染科，是專精對抗細菌、病毒等微生物的專家，更擅長抗生素使用與院內感染控制；像最近流行的新冠肺炎，就是感染專家主導對抗的。感染科醫師對於後線抗生素較一般醫師有更多臨床經驗。而感染性疾病若能確切找出感染源，合併正確藥物，**「感染症」可說是內科疾病中唯一可以治癒的疾病**。

我想，感染控制交給專業的醫學博士，一定沒有問題。

小妹交付我醫療顧問的工作——家人很能體諒我沒辦法每天侍奉於旁的忙碌。我將關心的問題，寫在本子上，再請小妹詢問主治醫師。

小妹說主治醫師看到本子，回答完，心情蠻不錯的感覺：給了我們紙本報告，幫我們會了神經科、新陳代謝科和泌尿科，又幫我們安排膀胱和腹部超音波。洪醫師更幫爸爸抽了一堆血，包括兩個好大的細菌培養瓶。

我告訴小妹，主治醫師是很盡責的人，一定要好好謝謝他。爸爸的食慾很好，自己吃了一堆飯，我們都希望爸爸好起來趕快回家。

只是爸爸三不五時就會陷入鬼打牆的憂鬱回憶模式，爸爸七十七歲了，過去沒有糖尿病、高血壓，我覺得真是奇蹟。希望我七十七歲時，身體也能跟爸爸一樣好，我的家人都有長壽基因。爸爸最近常常忘東忘西，又愛發脾氣，一天到晚和媽媽吵架。

我想爸爸這麼老了，記憶力不好也是理所當然。但我很煩惱爸爸將來的照護問題。

9. 雙胞胎

住院以來，我沒有辦法每天去陪爸爸，很多時候要麻煩小妹。有時候，我的大妹，也會來。大妹和我一樣住在南都，最近與夫家有點問題，我是大姐，有點擔心，但家家有本難念的經，大妹夫妻的事，我也不便多說，只是希望大妹不要被欺負就好，我希望大妹知道，家裡永遠是她的避風港，無論發生什麼事，我們都會站在她身邊。

我的兩個妹妹是雙胞胎，小我很多歲，當她們還在襁褓時，我已經在讀書了。小時候，妹妹們都喊我大姊姊，小小年紀，很是威風。

雙胞胎妹妹的出生，有個我現在仍無法參透的離奇故事：我出生自一個重男輕女的家庭，對媽媽而言，兒子是天、珍寶一樣的存在。媽媽懷孕時，我已經有點年紀，對即將有新的小寶寶，很是好奇關心。媽媽很希望來個弟弟，不要像我是個賠錢貨，將來總是外人。媽媽每天總是開心地對我說，將來有弟弟會如何如何……。

民國六〇年代的醫療，不像現在這麼發達：高層次超音波、羊水基因檢測、抽血驗尿，無論是便宜的健保，或是高昂的自費，五花八門，應有盡有；連小寶寶的面容、手指，都可以看得一清二楚。只是我不了解，隔著肚皮看小寶寶的長相，有什麼意義？

我隱約記得：那時媽媽懷孕，肚子一天一天大起來，媽媽個子比我還矮，不知為什麼，肚子比一般產婦更大？那是個超音波剛開始被利用於醫療的年代，不論是影像清晰度或醫生操作技術都不大可靠的時期。親戚和三姑六婆對媽媽肚子不可思議的巨大，非常擔心。焦急的爸爸便帶著肚子很大的媽媽，到當時西都最大規模的花米市立醫院，給醫術最高明的醫生檢查。

媽媽說：醫生用手摸一摸，然後用聽診器聽很久，再照了一張看起來烏漆抹黑的X光。（這倒是有點可怕，因為孕婦照X光，對小寶寶不大好。）終於，得到了一個不得了的結論：「是雙胞胎，但其中一個——沒有頭。」

我不知道媽媽聽到這個消息的時候，怎麼沒有嚇得當場暈倒？媽媽很勇敢地把小寶寶生下來。聽說，肥嫩不愛做運動的媽媽，血管很細，為了打上點滴，調來了全科護理師，打了一百一十二針，然後注射了一臉盆又一臉盆的點滴……。

這個故事對我來說如天方夜譚般神奇，但爸媽常說得活靈活現。我的爸媽算是老實人，我只能當這個故事是荒謬的事實。

小寶寶在一個奇異的十月颱風天，非常健康地生下來；最神奇的，是各有一顆頭的可愛雙胞胎。雖然，不是媽媽期待的男娃娃，但妹妹們真的非常可愛，弄璋弄瓦，家人就沒有絲毫關心了。

花米市立醫院就是衛生福利部花米醫院的前身。有記憶以來，花米市立醫院是故鄉最大的醫院：那是個還沒有全民健保，醫療不易取得的貧瘠年代，更沒有西都大學附設醫院、奇美醫院等大醫學中心四處林立的時空。我的爸媽和很多老西都人一樣，對花米醫院的情感信任，歷史由來已久，無論曾發生過什麼光怪陸離的鬼事。

一個醫療機關，能得到病患的信任，是非常不容易的事。

但醫生或醫院，擅用患者的無知，從事無良的勾當，就是可惡了。

10. 保險

除了麻煩我的雙胞胎妹妹，偶爾人手實在不夠，這時看護就派得上用場。

花米醫院和我們醫院一樣，最近流行「一對多的共聘照護」（註2），共聘照護是這幾年衛福部開始推動的住院照護模式，可以請一位看護同時照顧多個病人。我們前院長（也是現在的顧問），一直非常推行。

柯顧問在照護親人生病時，心裡有很多感觸，做了很多項親善改革。畢竟，當「病人家屬」和當「醫生」是完全不同；柯顧問在變成病患家屬時，包括：醫院的無障礙空間，住院日常品項所需等，做了許多體貼改革，還有一項就是「一對多的共聘照護」。

柯顧問認為：「共聘照護可以降低家屬照護壓力及經濟負擔。」我當行政職之後，很常開會，也有學到共聘照護。妹妹搞不清楚，問我怎麼辦？我告訴妹妹，請共聘照護非常好，但一定要請看護多洗手，院內感染很可怕，院內感染的細菌抗藥性非常強，爸爸生病體力弱，不要被看護東摸西摸傳染了才好。後來妹妹問問情形，就決定請一對一看護。

畢竟妹妹很愛爸爸。

爸爸生病後，我發現一件非常可怕的事——爸爸沒有私人醫療保險。

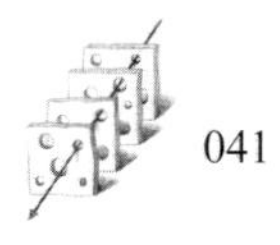

我當醫生後，發現醫生非常喜歡買保險。當住院醫師時，有前仆後繼的保單銷售員，推銷我各式各樣的保單和保險。曾經有一個學長告訴我，他一年需要繳上百萬的保費，那時我才是一個小小醫師，一年賺不到一百萬，學長的豪氣，令我咋舌。

我不大喜歡買保險，因為銷售美眉永遠穿得比我光鮮亮麗。我覺得她們把我保單利潤，全都拿去買衣服，賺得比我多，保險怎麼可能對我多好？

曾經有一個保險銷售朋友與我非常投緣，在她大力鼓吹之下，我也買了一張醫療險。那時我年紀小，對什麼都不放心，每年三萬塊對我而言了不起的不得了。她那時認真對我說：「我們公司是美商安全人壽欸，美商的歐，非常厲害，絕對不會倒啦！」我半信半疑，衝著交情還是買了一張。沒想到，雷曼兄弟風暴，安全人壽竟然易主，那位朋友因為投資失利加上老公外遇，就在一個夜黑風高的遼闊大海邊，喝著伏特加、配著安眠藥，孤零零在轎車裡燒炭自殺——還好她買了很多保險。（這是承繼他的保險員告訴我的。）

世事難料啊！

註2：共聘照護：民眾住院時可以聘僱「一對多」照顧服務員，較之前採「一對一」方式聘僱看護，每日照護費用支出平均可減少約四六・一％，大大減輕其經濟負擔。

爸爸的保單，堆了好幾大本，我們找了找，竟然沒有一本屬於爸爸的醫療險。但爸爸倒是幫媽媽及我們買了許多醫療險。尤其這幾年，爸爸買了好多儲蓄險，我原本很生氣爸爸亂買保單，後來才發現，爸爸很愛我們，即使發現自己身體很不好了，想到的，也是家人。

爸爸是個傳統的男人，從沒把「愛」掛在嘴上，只是很笨拙地去執行這些事罷了。

我覺得醫療險真的很重要，雖然現在全民健保非常周全，但若有人詢問，我一定會建議爸爸媽媽要幫小寶寶買醫療險，保額不用太高。這是爸媽可以給孩子一份終身的禮物。

11. 巴氏量表

二〇一九年十二月二十四日（二）　住院第三天

爸爸繼續住院，吃好睡好，進步很快，我們都很開心。小妹說爸爸脾氣好，不會很難照顧；只是有時心情很憂鬱，沒事最愛看中天新聞，好像有好多心事。

我和小妹還聊到本屆總統大選：韓國瑜和蔡英文的新聞每天沸沸揚揚，我和小妹自詡劃時代的新人類，當然把票投給小英。老爸和老媽可不同了，爸爸從年輕，就是非常忠誠的國

民黨黨員，將一生所有，歸功於國民黨殷殷栽培；爸爸非常感念自小是喝國民黨奶水長大，總把國民黨的豐功偉業掛在嘴邊。如果有天我在老爸身上發現「忠黨報國」或「國民黨萬歲」的青藍色刺青，應該一點都不會意外。

我覺得，國民黨中央應該考慮頒給我爸一個大紀念牌。對應起某些國民黨大老的腐敗自私，這些傢伙實在對不起我爸這種基層死忠老國民黨黨員。我還記得我二十歲的第一次選舉，就是聽爸爸的話，乖乖投票給國民黨。我不熱衷政治，只要爸爸開心就好。但我現在長大了，才不鳥我老爸。我討厭輕諾背信的人。當然把票投給小英。我和小妹還打趣要把爸媽關起來，別讓他們這些老人家去選舉。

我們擔心爸爸將來的照護問題，希望將來可以申請外籍看護。神經科醫師來會診，說：爸爸確實有退化情形，但若要巴氏量表（註3），需要等出院後，先掛門診，再排時間檢查，再排時間看檢查結果，之後才能出報告。因為感染可能會影

註3：巴氏量表（Barthel Index），是一個由醫療團隊來評估患者日常生活功能的評估量表。透過量表的鑑定，來了解患者需要給予什麼醫療照顧及確認是否符合申請外籍看護。量表分數越低分，表示患者的生活自主能力不足。簡而言之，就是評斷患者的生活能力，用以申請向政府補助及外勞等的證明文件。

響患者的評估結果。所以一切要等到出院後……。

聽起來好麻煩。但如果感染得到控制，也許爸爸就會好起來，大概是這個意思吧？

會診的泌尿科醫師沒有來，就等明天吧。

二〇一九年十二月二十六日（四）　住院第五天

我很想知道泌尿科方面如何處理，畢竟看起來最麻煩的是膀胱問題。是攝護腺太大嗎？爸爸這些年斷斷續續一直看泌尿科，想說是男人的問題，爸不想講，我也不便多問。還是說這次這麼嚴重，會不會是膀胱長顆惡性腫瘤？不知道要不要開刀？爸爸討厭他的導尿管，如果長腫瘤，還要開刀、化療、放療……這可是比導尿管還大條的事情。我也想知道週一那天抽了一堆血，報告是為何？更想知道爸爸還要住多久？

爸爸過去住院都神秘兮兮地，這次我一定要搞清楚。千交代萬交代大妹一定要向主治醫師問仔細。

大妹的回答倒是簡潔：

一、泌尿科還沒來。

二、報告已經給了。

三、沒發燒，感染應該已經控制了。

大妹說：主治醫師來去一陣風……。

晚些泌尿科岳嘉羣醫師終於瀟瀟灑灑大駕光臨，岳醫師是花米醫院的外科王牌大醫生，照顧爸爸的泌尿道問題好多年，還是副院長呢！號稱老爸的麻吉，爸爸更是岳副院長十多年的頭號粉絲。

岳嘉羣副院長紅光滿面、氣如洪鐘，穿著白帥帥的飄逸醫師袍，身旁簇擁了一大票醫護跟班，活像金庸小說裡的武林掌門人，只差手上沒帶一把寶劍而已。

岳副院長走到病床邊，彎下腰，輕輕拍拍爸爸的手，搖搖頭，露出非常關切的樣子；接著嘆了長長一口氣，開始殷殷切切地細聲質問老爸：「為什麼在門診不好好乖乖吃藥？」還語帶關心的責備老爸：「你真是個不聽話的病人！」

接著岳副院長緩緩起身，轉過頭，驕傲地對妹妹們說：「我的技術非常好，幫妳們父親開的刀都非常成功！但妳們爸爸非常不聽話，在門診從不乖乖吃藥，現在生病住院了，全部都是妳們爸爸的問題。」

「我的技術真的非常好，無論是攝護腺腫大或結石開刀，都難不倒我，問問這些同仁，大家都知道。」

「是啊！是啊！岳副院長可是我們花米醫院的王牌呢！大家都說岳副院長是『神刀』啊！」一個笑得燦爛的資深護理人員緊挨著岳副院長，不忘順勢插入幫腔。

岳嘉羣副院長重複吹噓自己開刀技術精湛，旁邊的醫護同仁更頻頻點頭附和。妹妹們看到這麼多人專程來關心爸爸，只能不停對這群醫護同仁彎腰道謝。

岳副院長最後做了一個結論：「妳們爸爸是膀胱問題，但可以好好做膀胱訓練，之後拔掉導尿管，回門診追蹤就可以了！」又隨口寒暄了幾句，泌尿科岳副院長就如一代宗師般，領著這群人，春風得意地走了。

爸爸的麻吉終於親切來訪，還帶了一大票人，爸爸非常開心，露出了久違的笑容。這個泌尿科大醫生可不是隨便選的，是最厲害的泌尿科權威，是名醫中的名醫，還是爸爸的老鄉。爸爸非常驕傲，炫耀自己不是隨便的人。

妹妹們卻只責怪爸爸不聽醫師的話，不規則吃藥也不多喝些水。看到爸爸板起臉不說話，妹妹們就卯起來輪流教訓爸爸：

「要聽醫生的話！」

「要乖乖吃藥！」

「每天要喝足二千 cc 的水。」爸爸又露出有苦難言的樣子，不斷嘟囔著。

我聽了妹妹們七嘴八舌的轉述，很不以為然，就告訴妹妹，大醫生應該很忙，不會有很多時間照顧爸爸，大家要學習自己照顧。我偷偷跟妹妹們說，出院該找別的比較不忙的泌尿科醫師，我太了解這些大牌醫師了。

大妹又傳了一堆報告給我：其中幾個報告令我心驚。護理師只把報告拿給大妹，沒有解釋什麼，還塞了一堆出院服務資料給大妹，囑咐後天就可以回家。

這是什麼情形？如果可以，我會打下三千個問號。

讓我來解釋一下這些專業數據：

白蛋白：2.2 g/dl（正常 3.5-5.5 g/dl）。白蛋白低，代表營養很差，爸爸應該很久吃不好了吧？

血中鈉離子：128.8 mEq/L（正常 134-148 mEq/L）。可能也代表營養很差，難怪爸爸沒力氣。

U/C：Pseudomonas aeruginosa > 100,000 CFU/ml 這代表尿道感染（註4），就是每 cc 的小便長了超過十萬隻細菌。小便培養長這麼多隻綠膿桿菌，爸爸尿尿應該很痛吧！

B/C：（GNB, Pseudomonas aeruginosa）這代表血液培養長綠膿桿菌（註5）。

天啊！我爸菌血症了！

註4：U/C，urine culture，尿液培養，一般小便培養，細菌數若高達 100,000，CFU/ml 並合併發燒或小便會痛，排尿不舒服等症狀，就代表尿道感染，需要有效的抗生素治療。

註5：B/C，blood culture，血液培養，一般人的血液是不會有細菌的，血液培養長出細菌，若為革蘭氏陰性菌，代表一定有意義，代表這個人有菌血症。一般說來菌血症需要最少七至十天的有效抗生素治療，若未使用適當的抗生素治療，很容易轉為敗血症，多器官衰竭、甚至死亡。

第三章　綠膿桿菌

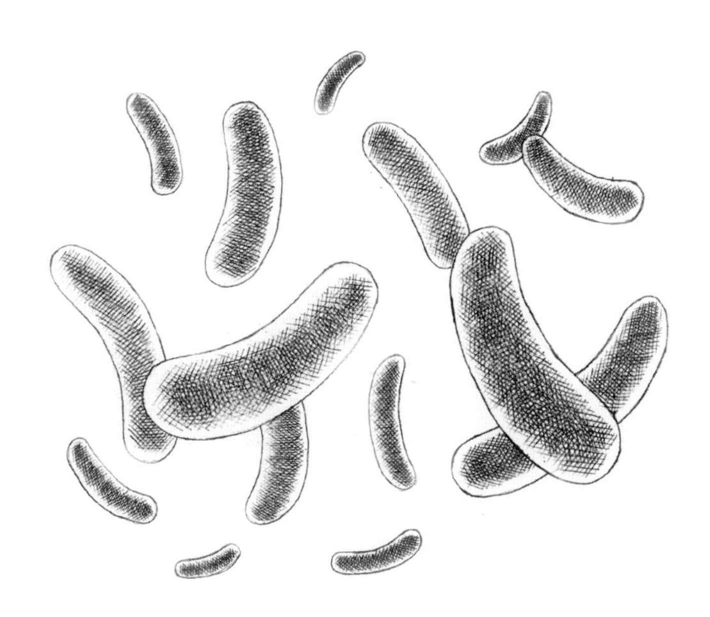

12. 菌血症

天啊！我爸菌血症了！

血液培養長菌！而且是革蘭氏陰性菌！這一定有意義！

我當住院醫師就知道，血液培養長細菌可是超級嚴重的事，尤其是革蘭氏陰性菌，一定有其意義：代表病患血液有細菌，一定要用最有效的抗生素，好好治療一到兩週以上才行，不然變成敗血症或多器官衰竭，就是可能變成天使的糟糕事。

這些，感染科主治洪平之醫師應該知道啊？怎麼會叫爸爸打包回家？我的心裡充滿疑惑與震驚，完全不知道怎麼辦才好。

我是兒科醫師，不大認識綠膿桿菌。好久沒看到這個菌了，我對這個敵人的記憶，幾乎空白。我們醫院是區域級醫院，偶爾遇到沙門氏桿菌菌血症的幼兒，沙門氏桿菌也是一隻革蘭氏陰性菌，長在寶寶血裡，要異常小心。曾有一位資深主治醫師非常嚴肅地警告我：他年輕時，很鐵齒，誤判情勢，沒有好好治療沙門氏桿菌菌血症。起初只是單純的腸胃炎，但細菌透過血液侵入腦膜，轉成腦炎，小寶寶腦袋都液化掉了。腦袋都液化爛掉的結果，就是寶寶再也不會說，不會笑，當然也不會動了。我聽完資深主治醫師的故事，覺得很可怕，就牢牢記在心裡。在我往後的從醫過程，只要遇到沙門氏桿菌菌血症，都會膽跳心驚、小心翼翼。畢竟，我們掌握了寶寶的未來。

我立刻打電話問我帥氣的老公。我的先生是腎臟內科醫師，成人科的可能會比較了解感染科醫師的想法。也許，我搞錯了。

我的先生仔細看了報告，語氣凝重又疑惑，他覺得非常奇怪：白蛋白怎麼那麼低？還有血液、尿液怎麼會長綠膿桿菌？他說：綠膿桿菌保證是隻院內菌，爸身上怎麼會長這隻菌？

他一直追問我，令我有些不爽。

我怎麼知道我爸身上為什麼有綠膿桿菌？

我想了想，和小妹討論很久。小妹不愧是獸醫，非常聰明，對所有雜七雜八的醫療數據，理解度都非常好；我不用大費周章的解釋 WBC、RBC、Bun、Cr、CT、MRI 這些醫療簡寫代表什麼意義；小妹還可以看得懂超音波影像，非常高級，省去我很多麻煩。小妹說，爸爸的膀胱超音波，有一個很大很怪的東西，她非常擔心這是腫瘤。小妹更擔心老爸的健忘問題，希望能加個腦力藥。她說：「貓貓狗狗比較不擔心健忘這件事。健忘的狗還好，也是很可愛。」我想狗狗絕對不會在乎多吃兩餐。我和小妹除了討論爸爸的事，也談到了家裡很多點點滴滴，不論是開心或悲傷的過往。

爸爸的生病，重新拉近我們家人之間遙遠距離，這是我目前想得起來的唯一好事。

在我緊張兮兮的時候，大妹還傳來好可愛的貼圖，我想她一定不知道這件事有多嚴重。難道醫師沒有對她解釋這個報告？這可是生命交關的事啊！

13. 血液

思考許久，重新整理我們三個臭皮匠的想法（包括：我——兒科醫師、小妹——獸醫、我的帥氣老公——腎臟內科醫師），提出的每個問題，都得小心翼翼。問得太少，怕耽誤了老爸；問得太多，怕得罪了醫師，每個點都得錙銖必較，深怕太多或太少；我有請小妹轉告醫師，我們有一點點醫療背景，懇請醫護人員們多照顧。在我執業的醫院，我們都特別照顧自己的同業；一來，大家都知道大家的辛苦，二來，彼此都清楚彼此的權益。遇到同行，我們都習慣互相多關照，避免發生了什麼差池，惹得一身腥。

終於，塗塗改改，改改塗塗，我謹慎Line出了明天的問題：

一、血液培養及尿液培養都長綠膿桿菌，抗生素是否打久一點？

二、是否做膀胱鏡或腹部電腦斷層，來確定膀胱腫瘤是否為惡性？
三、是否需排除其他惡性腫瘤的可能？
四、低白蛋白及低血鈉如何處理？
五、若膀胱訓練失敗，沒有辦法移除導尿管怎麼辦？
六、神經性退化有藥可以延緩嗎？

我覺得爸爸體重掉那麼多，一定有問題。我特別跑去請教我們醫院的感染科主任，他說：「血液培養有長細菌，一定要用有效抗生素治療久一點。」跟我的想法一模一樣。

小妹又告訴我一件我沒留意到的事：爸爸十二月二十一日晚上就住院了，血液培養是十二月二十三日做的，怎麼打了幾天抗生素，血裡還會長細菌？

我覺得有道理，希望妹妹問一下主治醫師到底打什麼抗生素，打多久了？（問這個問題有點失禮，畢竟洪平之醫師是感染科主任，是醫學博士，更是擅用抗生素對抗細菌的能手，應該比我會吧……。）

二〇一九年十二月二十七日（五）　住院第六天

一大早，洪平之醫師咻咻咻地查完房，簡潔扼要答了問題，主治醫師真是省話一哥。

一、血液培養及尿液培養都長綠膿桿菌，抗生素是否打久一點？　是。

二、是否做膀胱鏡或腹部電腦斷層，來確定膀胱腫瘤是否為惡性？　泌尿科醫師說可以，已經排檢查時間。

三、是否需排除其他惡性腫瘤的可能？　同上。

四、低白蛋白及低血鈉如何處理？　會處理。

五、若膀胱訓練失敗，沒有辦法移除導尿管怎麼辦？　先訓練看看。

六、神經性退化有藥可以延緩嗎？　神經科醫師說等門診再說。

七、再加一件事：貧血，現在要輸血。

專科護理師表示，抗生素是「復達欣」（Ceftazidime 常見的商品名是 Fortum，專門對付綠膿桿菌的厲害抗生素），我看到十二月二十三日做的血液培養，這隻綠膿桿菌，不會很強，對很多藥都有效，還好不是什麼抗藥性超強的「超級細菌」。「復達欣」應該有效吧？

下午地位崇高、跟班一堆的泌尿科岳副院長，終於在妹妹們三催四請下又大駕光臨。再度中氣十足地抱怨爸爸都不乖乖吃藥才會變成這樣，又不斷地強調他的手術如「神刀」般非常成功。他還是告訴我們：爸爸一定要好好做膀胱訓練，之後拔掉導尿管，回門診追蹤就可以。至於膀胱鏡檢查，因為太多人想做，檢查非常滿，門診安排就可以了。

話一說完，岳副院長又帶著醫護跟班們走了。

我完全可以想像：偶像明星，自帶光環，再度翩翩蒞臨的樣子。

所以爸爸很忙：白天要輸血、下午給白蛋白、晚上還得做腹部電腦斷層。

爸爸更需要努力做膀胱訓練，期待明天早上成功拔掉導尿管。

妹妹又傳來了一些抽血報告：有進步！如果能一切順利，就太好了。

爸爸住院無聊，除了說嘴，就是專心地凝視赤色紅血球，一滴一滴注入他的生命，沉默地像個點滴觀察員。

爸爸輸完紅血球和白蛋白，精神奕奕，一直跟護理長和護理師抱怨：被外星人抓進來花米醫院，很可怕，下次不敢來了！開始滔滔不絕。小妹感謝醫院救爸爸的命，覺得爸爸說話不討好，超欠揍。

奇怪，爸怎麼會貧血，我心裡暗暗不安。

是我想太多？還是主治醫師想太少？難道案情不像我們想像的單純？

就讓我們繼續看下去。

14. 關說

整晚，我和家人琢磨了許久，更改了好多次，終於擬出了明早的問題：

一、預計再住多久？可否再追蹤一次尿液檢查？

二、腹部電腦斷層報告結果如何？可否要紙本報告？

三、如果會住很久，可以拜託排一下腦部檢查嗎？如 Brain MRI、EEG（註 **1**、**2**）等。或可以再請神內醫師來看一下嗎？

四、是否可以開神經退化的藥？（家人非常關心這一點，一定要問這個問題。）

我每天都在家裡瞎操心，帥氣的老公建議我，怎麼不找我的立法委員同學去關說一下？他覺得花米醫院是公立醫院，一定很賣立委面子；現在又快選舉了，拜託立委同學打個電

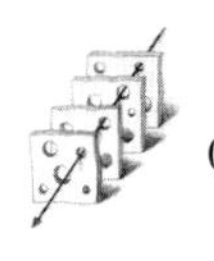

話，關心一下，應該不難。

我想了想，搖搖頭。這是「關說」，不知道為什麼，我覺得沒什麼效，打電話就會變成「VIP」嗎？變成大家尊敬、害怕或討厭的「VIP」？我在醫院工作，很懂這些規則。我不想打這個電話，盡力照顧病人不是醫生應該的工作嗎？至少我不會因為立法委員打電話給我，就得到特殊改變。

15. 風

二〇一九年十二月二十八日（六） 住院第七天

主治洪平之醫師早上七點，早早來查房，一樣像陣風，簡潔答覆：

註1：腦部核磁共振檢查（Brain MRI），就腦部檢查來說，磁振造影可以辨識出中樞神經病變，腦部深處的構造也清晰可見，如果長了腫瘤更可及時發現，並能窺探許多從前不知道的腦部問題。

註2：EEG是指腦電圖、腦波圖（Electroencephalography，縮寫為EEG）是透過醫學儀器腦電圖描記儀，將人體腦部皮質產生的微弱電波於頭皮處收集——腦電圖可用於輔助診斷腦部相關疾病。

一、預計再住多久？　預計住十到十四天。

二、腹部電腦斷層報告結果？可否要紙本報告？　等待中。

三、如果住很久，可以拜託排一下腦部檢查嗎？　這些檢查沒辦法診斷神經退化，門診安排即可。

四、是否可以開神經退化的藥？　沒有。

後來神內醫師很好心，排了腦部核磁共振檢查。

好吧，既然沒辦法開腦神經退化的藥，小妹開始幫爸爸做腦力訓練——用平板電腦玩翻撲克牌。住院時間漫漫，老爸實在太閒了，倒是個好主意。

小妹說：住院前整整一個月，爸爸的記憶完全都不見了。

也許，是太痛苦了~或許，真的只是急性感染？

我寧願相信神經科醫師說的：「爸爸的失憶，要排除急性感染導致，感染治療好了，記憶力可能會好很多。」

腦部核磁共振雖然不能診斷退化程度，但可以排除腦瘤、腦中風、腦部膿瘍什麼的，非常重要；雖然我是兒童神經科，這點常識我還是有的。

16. 麥當勞

早早完成醫院工作，我就帶著老二小寶，直奔花米醫院。動作要快，下午老二還得補習；老大一早就去奮鬥了，高中生真辛苦，只能快去快回。

再次到達九彎十八拐的病房。爸爸住院一個禮拜了，情況果真好很多，又可以像以前一樣大聲說話，不斷和小寶分享他的求學心得，這令我很開心，不斷跟爸爸瞎胡扯。他還記得我前幾天來過，短期記憶沒有想像的差。

我帶麥當勞給大家吃，雖然住院，仍希望有野餐的幸福感覺。爸爸只能吃營養師調配的健康餐，我看爸爸偷偷流口水，把雞塊薯條塞給爸爸。我覺得，營養對爸爸很重要，竟然爸爸吃得下，一定要多吃點，爸爸很開心地吃著麥克雞塊，說他吃什麼都沒關係，難怪妹妹說爸爸很好照顧，一點都不挑剔。爸爸就是這樣的一個人，很為大家著想，寧願委屈自己。

我媽媽是專職的主婦，個性和我完全不一樣。媽媽喜歡我們遵照她的各式奇怪營養標準，老逼我們吃不喜歡的食物。我天生自由：小孩喜歡什麼，就給什麼，開心就好——非常糟糕的健康概念。所以今天招待大家吃快樂的麥當勞，其實只圖方便，路上就有得來速。

我的帥氣老公來電溫馨提醒：要讓爸爸多走走，訓練肌力，也不無聊。畢竟兒科和內科不一樣，小孩住院時，動來動去，真希望把他們綁在床上。

小妹幫老爸規劃了運動計劃：

病房—電梯—隔壁棟院區—回來。再從病房—電梯—回程。每班三次。

爸爸住院，進步很多，連體重都回升到六十一公斤，小妹很驕傲把爸爸養得很好。

只是有一個壞消息，膀胱訓練失敗，導尿管又得放回去，爸爸顯得很傷心。

這是男人的氣魄，我們可以理解爸爸的耿耿於懷。

二〇一九年十二月三十日（一）　住院第九天

沒看到醫師，專科護理師把報告直接印給小妹。我看了大吃一驚！

> 尿液常規（12/30）白血球：3,636HPF（正常 0-5HPF）Leu：500（3+）（正常 <25）
>
> 血液培養（12/27）綠膿桿菌（正常：無）

小便檢查還是那麼多白血球，那麼多細菌，代表尿道感染完全沒進步。

血液培養竟然還在長菌，一樣的格蘭氏陰性菌，同一隻綠膿桿菌。

這代表「復達欣」這個抗生素，對治療這隻綠膿桿菌，效果一點都不好。

我非常害怕又疑惑，流了一身冷汗，倉皇無力……。

妹妹問我，住院到現在一直打抗生素，血液細菌還在長，小便也是滿滿細菌和白血球，這樣正常嗎？

我也覺得很奇怪，這已經不是我能理解的範圍。我也不知道？主治洪平之醫師不是感染科主任嗎？我總不好教他怎麼使用抗生素吧！主治洪平之醫師還一直叫我們準備回家？

小妹已經越來越精光了，她提的問題很有專業水準：

一、抗生素已經連續給一週了，血液培養仍長細菌，是不是要更改抗生素？還是可能跟膀胱憩室有關係？

二、如果跟膀胱憩室有關係，是不是可以再會一次泌尿科，來解決血中細菌感染的問題？

三、血鈉、白蛋白、血紅素有再掉嗎？

二〇一九年十二月三十一日（二）　住院第十天

沒有等到主治醫師的回答，我已經有點不耐煩了，主治洪平之醫師還趕著要爸爸週四出院，我非常不安。這幾天都是看護姊姊照顧，洪平之醫師不大跟看護姊姊說什麼，我完全不知道治療進度。不然，拜託小妹去影印些舊病歷回來看看好了。

爸爸在花米醫院開過兩次刀。只是病歷不知道為什麼不容易拿到？小妹中都西都兩地跑，影印病歷又貴又麻煩，我也不方便多說什麼。

最後終於拿到這次的腹部電腦斷層和腦部核磁共振的光碟片。兩百塊，價錢非常公道。

17. 公主

二〇二〇年一月一日（三）　住院第十一天

今天是元旦，大家開心放假，我卻又帶著小孩和快樂的麥當勞，直衝花米醫院。

老爸的精神好很多，已經開始發狂，得意地跟護理人員炫耀：「我女兒是南都最大醫院的大主任。」令我尷尬。爸爸又不斷勸我的小孩多讀英文，囉唆他這輩子有多辛苦的老掉牙奮鬥故事。

小妹說爸爸小腿已經開始長出肌肉，我不斷誇獎，感謝妹妹的優質照護。就是今天，大哥終於從台北回來了。小妹覺得爸爸的事情很大條，一定要大哥回來。

大哥有一個非常重要的任務：就是全家，只有大哥可以安撫我媽。

老媽從年輕就是個愛漂亮的任性公主。老媽要如何，老爸不能也不敢說不，妹妹們個性也屬柔順。所以媽媽不喜歡我，覺得我從出生，就是專門來忤逆她的；常常後悔出生時沒把我掐死，老說我可惡至極。

有次我的帥氣老公，看我又無端被老媽責罵（當然無端是我說的，我媽認定我非常不孝），就勸我：**「人與人相處，就靠緣份；有的人多些，有的少些；如果和娘家緣分太薄，就不要強求；太強求，不會圓滿。」**

幸好我和老公、孩子間的緣分不弱，讓我嚐到了幸福。

因為爸爸住院這種大事，再加上老媽身體微恙，聰明的小妹就知道快 call 大哥回來，負責搞定老媽這個公主，多個人力總是好事。

爸爸已經很久沒有在同一天看到我們四兄妹。但爸爸對大哥一向嚴厲，還擺父親威嚴，隨口斥責大哥幾句。小妹很為大哥抱屈，她覺得大哥身體不好，又要上班，一聽爸爸住院，就舟車勞頓趕下來，完全沒有囉唆什麼。小妹覺得爸爸太凶了，老爸絕不會對女生們這樣。

但小妹說：這大半年來，爸爸身體不舒服，每天憂愁。

這天，是爸爸好久以來，最開心的一天。

二〇二〇年一月二日（四）　住院第十二天

一上班，我就趕緊把光碟片裡的腹部電腦斷層和腦部核磁共振，放到我們醫院的「醫療影像擷取與傳輸系統」（Picture archiving and communication system）也就是每位醫護同仁都知道的「PACS系統」。這是我爸爸的片子，也是少數幾件我能為爸爸做的小事。

現代醫學，每個專科都是不同領域，每個器官系統也有不同專精的醫師，並且越分越細，所以如果親人朋友生病，我都會詳細探問病情，找相關科的專家，而不像一般街訪鄰居，老是找最大牌、最有名的醫師。像過去我們最喜歡的怪醫黑傑克，可以包山包海包全身的執行夢幻手術。現在，只能存在卡通的荒謬裡。

我在南都的朝英綜合醫院工作快二十年了，處處是朋友，同事常諮詢我小孩的問題。隔行如隔山，他們的煩惱，卻是我的專長，我很樂意幫忙大家。

對我而言，爸爸的問題我完全不擅長；但我們朝英綜合醫院是南都有名的區域教學醫院：無論感染科、泌尿科、放射科、神經科等，都有各色專家數名任我詢問。所以找個專精同事問問，一點都不困難。

這次，我找泌尿科專家。這位泌尿科醫師是位秀氣漂亮的女醫師，我也曾因醫院病童的事與她多次討論，我很信任她。她仔細看著我爸爸的片子，對零零落落不清不楚的病程提出了許多疑惑，但當我提到我爸爸血液培養長了很多次綠膿桿菌時，她非常吃驚！

她認為**有點嚴重**，這已經不是單純泌尿科問題，建議我一定要找感染科醫師問詳細才行。

18. 出血？

二〇二〇年一月三日（五） 住院第十三天

爸爸又有了新問題：血便。衛生紙上滿是觸目驚心的鮮血。住院實在太久，妹妹們已經沒有假了，請看護姊姊的時間愈來愈多；斯文清瘦的花美男主治洪平之醫師非常有原則，不喜歡跟看護姊姊解釋病情，爸爸很多病況都是斷斷續續。

專科護理師說：「病患的血便需要排腸胃鏡檢查，無痛的胃鏡要自費，很多人做，不知要等多久，不用麻醉的比較快排到。」她要妹妹自己選是否自費做無痛的胃鏡檢查。

妹妹們覺得奇怪，腸胃道出血到血紅素這麼低，應該很嚴重，當然需要馬上排檢查，怎麼還要我們做這種怪決定？又不是買飲料或吃自助餐。但我只是鄉愿地心疼爸爸做這麼多檢查，一定很痛苦。

妹妹們開始埋怨主治洪平之醫師不大解釋病情，更不願電話解釋。我只能安慰妹妹，醫生有自己的專業，不常用電話解釋病情，除非有特別原因。我請妹妹把問題給看護，直接問專科護理師，或拜託主治醫師回答。我覺得這些問題都很正常，不會很過分。醫師沒有不回答的理由。

只是隔壁床病人喊得昏天暗地，爸爸很害怕，吵著要回家，我們就幫爸爸從雙人房移到單套。爸爸沒有私人醫療保險，又要請看護。但我們覺得爸爸舒服比較重要。

我又擬了新的問題，希望專業有尊嚴的洪平之醫師能幫忙一下。

生病住院，病人渺小得像隻螞蟻。難怪大家都要小孩當醫師，姿態高高在上。

一、腸胃道出血，需要藥物治療嗎？

二、現在 vital signs（生命徵象）如何？血壓穩定嗎？

三、想知道新的血紅素數值，有需要再輸血嗎？

四、有沒有追蹤電解質和白蛋白？有沒有新的尿檢報告？小便有比較乾淨嗎？

五、新的血液培養還有長綠膿桿菌嗎？

二〇二〇年一月五日（日） 住院第十五天

爸爸腳腫起來了，專科護理師說可能要打利尿劑。

小妹已經有點生氣了，她很擔心爸爸白蛋白又掉下來。

移到單人房，改到五樓病房，這個護理站已經開始不大給抽血報告了。

爸爸腳腫不舒服，值班醫師也call不來。

週日就是這樣，可能連CPR（急救，心肺復甦）都得等等，何況只有腳腫。

二〇二〇年一月六日（一） 住院第十六天

小妹繼續不滿，覺得整個醫院的醫師還有護理人員都很不積極，怎麼不會被告死？老爸做完消化道內視鏡，等了好久，沒有人願意告訴我們結果是什麼。小妹覺得爸爸貧血，又解一堆血便很嚴重。我仍然只像菜市場的阿嫂一樣，覺得老爸做一堆檢查也不說苦，很可憐。

小妹覺得獸醫好多了，對小動物都很關心，如果獸醫敢用這種敷衍不理的傲慢態度，一定會被貓狗爸媽揍死。

思考了很久，小妹終於做了一個結論：「可能是『純自費』的原因，狗狗貓貓沒有健保，飼主當然對付出錙銖必較。『自費』的當然服務好些；健保，就是『賤保』，便宜又大碗，當然不該抱怨，也不能抱怨。」

我沒有辦法代表花米醫院說什麼，只能扮演和事佬般的弱角色，安撫小妹：可能爸爸情況進步？或病情穩定？或報告正常？所以沒有理由急著跟妳說報告吧？腸胃道如果真的大出血，大家一定會嚇死，快點處理，不可能拖拖拉拉，這些專業的醫護人員可是很忙的！

19. 內視鏡

我在當實習醫師的菜鳥時期，曾經到消化內科短暫訓練。消化內科就是照顧肝膽腸胃的醫師。比如說：肚子痛，拉肚子，消化不良等常見症狀，或是腸胃出血，肝炎，肝硬化，肝癌等可怕疾病，都屬於消化內科的範疇。

我在消化內科的第一天，早我一些的菜鳥A學長，就諄諄告誡：腸胃道出血很嚇人。他看過病人一直吐血，即使用盡所有搶救，也是回天乏術——前一秒，病人還跟菜鳥A學長有說有笑呢！

菜鳥A學長心有餘悸的表情，我謹記在心。

那是我在肝膽腸胃科快結束的某一天：主治醫師突然叫我，和另一個更菜的菜鳥C學弟，一起推一位吐血的肝癌末期老伯去內視鏡室。這個老伯我認識，他還有酗酒、B肝、C肝、肝硬化等好多問題；灰白鬍渣，形瘦骨削，還有雙濃濃黃黃的無神眼睛。老伯有一對年紀和我差不多的和善兒女，和一位看起來個性很好的賢慧老婆，都很客氣；他們覺得我是專業醫師，常詢問我關於肝的醫療常識。那時我真的很菜，其實八成都不會，還得用力查很難看懂的英文書。

狹小的內視鏡室裡：我（菜鳥B）、很緊張的菜鳥C學弟、住院醫師學長和資深護理師。非常專注的睜大眼睛，看主治醫師表演：如何使用內視鏡注射，止住腸胃道出血。

這是絕佳的學習時機；畢竟，在無聊的課堂上枯看老師用嘴巴上課，和臨床實境完全不同。主治醫師拿著一個大內視鏡，像釣海魚一樣，上上下下，盯著小螢幕，幫削瘦脆弱的老伯止血。像這種心驚膽顫的時刻，圍觀的人可多了，我和學弟兩隻菜鳥，輩份最小，當然被擠在內視鏡室最角落的位置，墊著腳尖，屏住呼吸，深怕遺漏任一精彩。

突然間，主治醫師大喊：「快把病人推回病房！快！」

這個危急時刻，我完全不知道發生什麼事，只能快速和菜鳥C學弟，推著病人去急救。

實在太緊急了！矮小的我甚至跳到狹窄的檢查床上，奮力幫老伯CPR，任壯丁們推著我和老伯，搖搖晃晃，飛躍過醫院長廊。

時間過了那麼久，我依舊記得老伯的臉，盡是慘慘的白，和著黃黃的槁木死灰、無聲無息，靜謐地動也不動。

很快，資深學長就接手了。畢竟大醫院人力很多。學長請我幫老伯抽個血氧、電解質什麼的，我真的很緊張，慌亂之下讓帶有老伯血的十八號針頭，扎扎實實沒入我的掌心。

那是個我還非常愚蠢的年代，不知道這是很可怕的針扎事件。需要確實追蹤抽血，抽血追蹤好幾個月。好久時間，我都很害怕，會不會有老伯留在陽世的病毒，懷著恨，在我血裡傳承、孳生、繁衍。

病毒最後沒有回來，同他的宿主老伯一樣，就這樣消失。

這種事情每天都在醫院上演，生命來來去去。但無論多少次，我都沒辦法習慣。

我是個脆弱的人啊——

所以，我才選擇兒科，我喜歡呼吸年輕的生命氣息，

即使是嬰兒的哭泣，也是人生的最大喜悅；代表開始，新生。

我熱愛我的工作。

第四章　星火

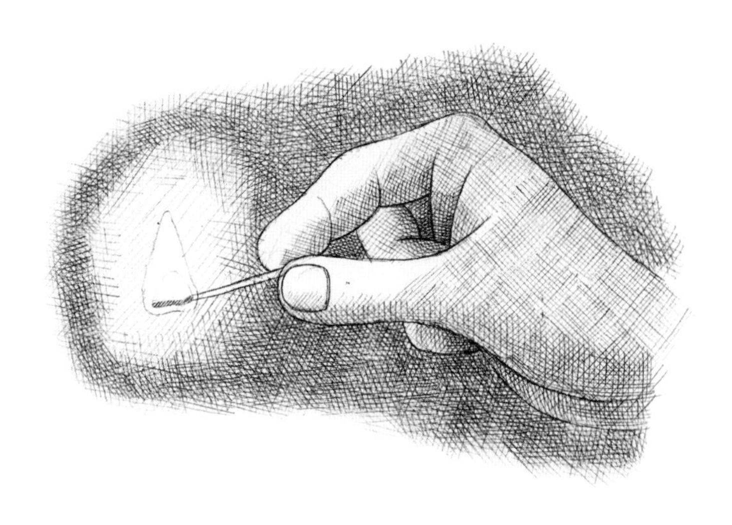

20. 責任

這幾天，小妹很生氣，專科護理師一直催她帶爸爸回家。小妹非常不解，血液裡不斷長細菌，不是很嚴重嗎？甚至和護理站產生很大爭執，她要專科護理師負責爸爸出院後的危險。我很無能，直勸妹妹，讓爸爸回家是洪平之醫生的決定，專科護理師只是轉達而已，不能負什麼責任的，惹惱護理人員，倒霉的只有爸爸而已。況且，護理人員都很辛苦的。我只能安慰她，醫生很盡責，檢查速度也算快，專師也算盡責。只是泌尿道問題若是大醫生繼續處理，我倒有點擔心。

主治醫師是要負責的，他敢叫我們回家，真出了什麼問題，我們再上法院就好了，醫生不會那麼笨的。

現在想想，就是有人這麼笨。

而最最愚蠢的，就是我了。

二〇二〇年一月六日（一）　住院第十六天

十二月三十一日的兩套血液培養，終於沒長菌。血液檢查和電解質等等報告，終於比較

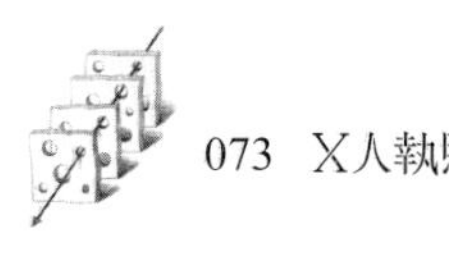

好了。雖然血紅素只有九．一g/dL，白蛋白也僅是二．六g/dL，屬於勉強及格邊緣。這已經是住院以來最令人振奮的消息。小妹又告訴我，爸爸的尿袋用肉眼觀察也乾淨清澈許多，代表尿道感染也有進步。

洪平之醫師再次宣布：一月八日可以出院回家。這已經是爸爸住院後主治醫師第N次催我們回家，整個醫院一定覺得我們是死皮賴臉的人。

爸爸所有病情好轉，我們全家都非常高興，終於可以帶爸爸回家！醫生讓我們回家，應該代表爸爸已經好了？洪平之醫生還明確告訴我們，口服抗生素對這隻綠膿桿菌沒有效。我有點擔心，但當然以主治醫師意思為主，他可是個醫學博士，感染科主任，絕對有他的專業。我是兒科醫師，哪有他行！

我還特別買好吃的東西給我帥氣老公和小孩吃，這陣子大家都辛苦了。只是之後爸爸出院後的照護問題，可要好好想想怎麼辦才好。

二〇二〇年一月七日（二）　住院第十七天

終於等到看護姊姊轉傳主治醫師聖旨：

一、內視鏡報告：胃食道逆流，大腸有幾顆小瘜肉，已處理，腸胃道沒有大出血，是爸爸大便太硬，造成肛裂才有血便。（其實看老爸大口吃麥當勞，我就懷疑他怎麼可能腸胃大出血？還好沒有大腸癌，真是謝天謝地。）

二、自費補白蛋白。

三、繼續抗生素「復達欣」治療。（這是當然的！）

21. 長照

我不斷考慮將來是否要帶爸爸來我居住的南都長住，因為我完全無法理解花米醫院的醫療模式。身為一個家屬，我不希望主治醫師一直覺得我干涉醫療，畢竟每科有其專業。但看爸爸這樣，我實在放心不下。我開始和我的帥氣老公討論要接爸爸來南都的可能性，並多方打聽日照機構。一問之下才知道幾乎我的所有同事，都有家人生病及照護問題。原來，我實在太幸運，過去長輩都自己照顧自己，但隨著人口老化，這已經是全球的大問題了。

我再去找小妹討論，南都不大是家人的選項。

家人都希望爸爸留在西都花米市，畢竟這裡才是他的家。

只能說，我的爸爸不是我一個人的爸爸。

二〇二〇年一月八日（三） 住院第十八天

妹妹拿到一堆回診預約單，包含：泌尿科（岳副院長說要門診排很熱門的膀胱鏡）、神經科（可能要花兩個月以上的失智評估，希望之後拿到巴氏量表，可以請外籍看護），（我問過了，我們醫院的神經科醫師說這個流程很正常）和感染科，新陳代謝科，胃腸肝膽科等——都安排在一月十五日，爸爸真的非常忙碌。

下午終於在醫師許可下安排出院。

老爸卻說他沒問題，不需要任何長照資源，我們真是晴天霹靂。

爸媽說他們可以互相照顧；因為娘頭腦還行，爹行動OK。老媽更聽了親戚建議，吵著要坐計程車去表姐家附近作日間看護。我和小妹完全傻眼，媽永遠是個沒有時間觀念及距離感的人。

二〇二〇年一月十一日（六）

今天是總統大選，小妹說：因為老爸恢復太好，媽媽太興奮，決定履行公民義務一起出門去投票！我和小妹不知道該開心爸媽身體健康？還是該難過敵方陣營多了兩票？小妹只能使出超級賤招，蓄意把爸媽身分證藏起來，但很容易就被聰明的兩老識破，小妹還遭受報應，差點忘記帶身分證回中都投票。

小妹南來北往忙了一整天，仍提醒大家沒事打電話回家閒聊，密集掌握兩老生活狀況。

二〇二〇年一月十五日（三）

爸媽兩老相伴回診：感染科洪平之醫師，繼續開七天吃了也沒啥用的保心安抗生素；新陳代謝科醫師加減開了些血糖藥；腸胃科醫師繼續照護爸爸的胃食道逆流。

問到重點中的重點，也就是泌尿科：老爸的麻吉岳嘉羣副院長，不知道為什麼沒排說好的膀胱鏡？可能生意太好太熱門了？

爸媽抱怨來來回回看了好多門診，抽了好多次血。

人老真是糟糕。看個門診這麼累，大概要休息兩個禮拜。

二〇二〇年一月十七日（五）

終於開始放寒假，我偷空帶了兩個小孩，直衝南都娘家。忙碌的高一大兒子已經好久沒看到阿公，他很驚訝，覺得阿公變得好老好瘦；阿嬤倒是精神，一直忙進忙出，不知在搞哪齣。我一樣跟媽媽維持著三句話就可以吵架的微妙關係，還好小孩在，氣氛好好壞壞。

媽媽說：爸爸出院後身體仍不舒服，心情不好，就沒出門去愛國投票。爸爸帶著尿管，皺著眉頭，老是搖頭嘆氣，心情很是憂傷。我不知道如何回應，只好拜託小孩亂講些五四三轉移話題，順道幫老爸做些記憶力評估，爸爸的記憶和認知沒想像中的差，對很多生活小事都很清楚。只是提到爸的提款卡密碼，老爸就開始打馬虎眼，不知道是真忘記還擔心我是詐騙集團？

爸爸住院之後開銷大，我有點無奈。

二〇二〇年一月十八日（六）

小妹很乖，今天又奔回南都，我不知道她老公會不會罵她三天兩頭回娘家。

小妹說爸爸躲在房間不大出來，不想吃飯，而且很不開心我調查他的存款簿和各項保險。

爸爸這次生病，我對人生開始有重新的體悟：過去我們總是覺得「爸爸親像山」，永遠不會想到爸爸也會生病。爸爸身體過去不錯，七老八十，還常開著車伴著媽媽到處跑。

爸爸注意關心的，只有老媽哪裡不舒服，一下高血壓，一下脊椎痛。**老爸永遠是媽媽最忠實的騎士，謙卑地牽著媽媽的手，看醫生，做復健，擔心媽媽所有不舒服。**

我們從來沒想過知道家裡有哪些收入、支出、保險之類瑣事。這些一直是爸爸在煩惱的，媽媽長年只是爸爸的寶貝公主，雜事完全不管。我很怕家裡突然斷水斷電，也害怕老爸身體一好，頭腦卻糊塗，想到就開車四處去兜風，於是拜託小妹把車鑰匙藏起來。

我開始告訴小孩，我有哪些私房錢、人生觀，希望如果我某天突然消失不見，我的孩子不會這麼無助與倉皇失措。

東方人忌諱談死：談到死亡，只想到悲哀恐懼，鬼神輪迴。我不這麼認為——**死亡只是另一種形式的開始，**希望我的小孩不只延續我的血脈，而且能做得比我更好。

我長年在醫院工作，很看淡這些。

二〇二〇年一月十九日（日）

小妹仍留在娘家，發現爸爸兩小腿上佈滿奇異的紫紅色小出血點，看起來像 Petechia（註1），加上雙下肢水腫。小妹細問之下，才知道爸爸已經發燒好幾天了，每天都蓋被子冷到發抖。我接到電話，才知道爸爸發燒，緊張得不得了。之前，爸爸只是不舒服，沒說過發燒。老人免疫和小孩不一樣，小孩簡單一個感冒，就會發高燒，燒到天翻地覆；老人免疫不好，常常燒不起來。爸爸年紀大，白蛋白低，營養不好，我不相信免疫可以好到哪裡去。

我很疑惑「發燒」對爸爸而言，是感染變嚴重？還是免疫變好了？

不管如何，發燒、畏寒，爸爸之前血液裡一直長細菌，加總全是壞消息。奇怪，前天回家，也沒聽爸媽說。小妹很生氣，她說爸爸發燒好多天，每天都在床上發抖，棉被一床一床地蓋，老媽也搞不清楚，只是瞎說沒有體溫計。媽永遠是我人生中完全無法理解的人。

我叫小妹趕快帶收拾東西，快帶爸爸去急診，九成九又要住院。

半小時後，小妹電話告訴我，已經在花米醫院急診室。

我完全傻眼，不是要去西都大學附設醫院嗎？花米醫院挺怪異的，可以換個醫生看看，西都醫院廟大，醫術應該更為高深，也許想法不一樣？

註1：Petechia，瘀點，在身體上紅色或紫色的出血點。是血小板低下的一個症狀。也可能是敗血症的一個症狀。

小妹很是為難，她說半哄半騙很久，哄爸說要坐車兜風玩一玩，好不容易才把爸騙出門。老爸非常喜歡花米醫院，只相信要去花米醫院走走玩玩，所以才去花米醫院。小妹說，是上次那個急診醫師，還記得爸爸，動作迅速俐落，非常積極。小妹很高興遇到這位醫師。醫師也很利索地幫老爸迅速辦了住院。畢竟血液一直長細菌再加上發燒，一般醫生都會和我一樣覺得很嚴重。所以，爸爸又被關進醫院。爸爸這次住院，更憂鬱靜默了。

22. 迷信

後來我才知道，我們家，對於困難事務的決定權，有一個奇妙的選項——我這個人，比較隨和，什麼教我都信，無論是廟宇、道觀，我都欣賞，也會跑去基督教、天主教堂尋求平靜。我想，神這麼偉大盛明，不會計較的。

在我眼裡，我的家人迷信許多。回溯整個成長軌跡，我完全可以理解家人打從骨子裡，誠心相信神明的理由。

我不是迷信的人，但我完全肯定：冥冥中有股無形力量存在——無論這項神秘，來自外

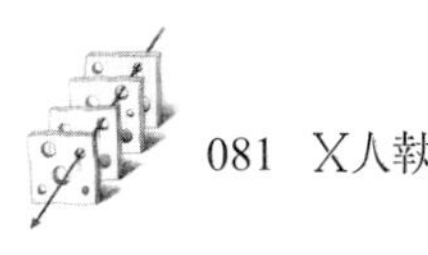

太空、宗教、鬼魂或是哪裡。

說個小故事吧：我的小妹求學時期在中都讀書，有一年，抽不到學校宿舍，得搬出去找新的住處。大學生第一次找宿舍住，當然是大事。我的小妹打不定主意，就拿了幾間公寓住址，託老媽去廟裡求籤。

拜拜求籤可是有標準規則流程 SOP，不是想求就可以的：燒香，稟神，敘求，擲筊，抽籤，再擲筊，允籤等，非常繁瑣。媽媽整日忙碌，始終無法從一大筒神籤中，連得三個聖筊。求到籤筒都快空了仍是「擲無筊」。

跪求了許久，媽媽終於在一間小套房的住址，求得一隻下吉籤。小妹很乖，聽神明的指示，選了落腳處。

在一個九二一深夜裡的地動天搖，所有人終於理解了神明的指示。那些「擲無筊」的公寓都坍塌了，妹妹選錯住處的同學，自此天人永隔。而妹妹除了財物損失，毫髮未傷。

我家這樣的小故事非常多，令我不得不相信。雖然我不是勤勞燒香念佛的人。家人遇到困擾，喜歡問神抽籤解惑，我完全可以接受。小妹說，花米醫院是玄天大帝選的。連神明都支持花米醫院，就這樣吧，我也認了。

再說個小故事吧，我雖是考上醫學系，但我的學業不是一直一帆風順，在我高中三年，曾經歷了吃喝玩樂的匪類時期，完全放逐自己，渾渾噩噩，沒有目標。

聯考的前一天，突然興起，跑到南都知名的天宮去求籤。拜拜求籤有標準作業流程，不過請注意一下，那時我才十八歲，擲筊抽籤，當然不甚專業，我已經很注意了，我想神明應該不會太在乎我胡亂規則這件事。燒香，稟報，敘求，擲筊，抽籤，再擲筊，允籤……很快，神明就從一大筒神籤中，連了三個聖筊，乾脆允了一首籤詩給我。是問考運的。籤詩的內容是這樣：

「『龍爭虎鬥』變風雲，又聽金雞報曉春，待到雞鳴人語靜，那時得意任呼群。」

廟公先生拿了一本大簿子，好好幫我解了籤：「成功的獲得，是要經過艱苦競爭，而後才能得到，天下沒有不勞而獲，經過辛苦而來的果實，會覺得特別甘美。」

聽完廟公先生的說明，真是五雷轟頂：神明的意思就是叫我回去好好讀書再來。

神明真不體貼，怎麼沒有叫我好好加油之類，說話也太過直白。

聯考當天，我更崩潰，教室前面黏了四個保麗龍板的紅色大字「龍爭虎鬥」把我嚇得臉都白了，寫考卷都一直發抖，反正神明就是死命要把我敲醒就是。

放榜那天，我連一個公立大學都上不了，就死心去重考。

過了聞雞起舞的一年，差不多用一年的時間，讀完三年的書，然後就改變我的人生。

第二次住院

二〇二〇年一月二十日（一）二度住院第一天

急診醫師詳細檢查爸爸的狀況，發現老爸還是泌尿道感染，還高燒到快三十九度，就快速安排爸爸住院打抗生素。老爸又貧血了，血紅素只有八點多，血壓又太低，值班醫生更說不知道為什麼爸爸的肺部X光不大好，爸爸因此輸了全血四個單位。（其實小孩很少輸全血，輸全血的副作用很多，我也不知道為什麼爸爸需要輸全血？）

但小妹覺得醫師很好，做事很積極，不像之前只要是假日的值班醫師，都不做決定，一定要拖到上班時間，主治醫師來了才能做處理。只能說每個人個性都不一樣，當病人也要運氣很好才行。

一直忙到清晨兩點半，爸爸終於退燒，小妹才可以好好休息。

老爸又被抓來醫院，變得安靜不說話，輸了血，雖然氣色變紅潤，可是整個人變很呆。下週就是過年了，小妹忙著安排之後的照護人力。這次的主治醫師，一樣是之前的感染科花美男洪平之醫師照護，我跟家人說他不錯，小妹不大認同。

小妹開始準備早上的問題，小妹現在已經非常專業，不用我幫她想問題了。

一、再次感染住院。是不是需要再請泌尿科醫師會診呢？之前岳嘉羣醫師說要出院門診排膀胱鏡，結果沒排。如果泌尿科問題一直不處理，難道要一直反覆感染住院嗎？二、血紅素又快速下降，還有內出血嗎？

整個早上，小妹一直在病房裡傻等洪平之醫師巡房，等啊等，主治醫師就是不來，十一點多出去買個便當回來，就錯身主治醫師訪視。小妹有點不爽，她覺得洪平之醫師蓄意躲開她。而且，小妹非常討厭這次住院的專科護理師，不斷抱怨她態度非常惡劣。這個專師叫周佳若，外貌清麗秀雅，不說話時更顯姿態窈窕、容色靜美；但在柔順小妹的眼裡，這位專科護理師可是刻薄搖擺地跟白雪公主的後母沒啥兩樣。

一向斯文的小妹非常惱怒，Line 給我的文字不再客氣禮貌，除了對爸爸的不忍和關心，內容滿滿「幹！幹！幹！」充斥著暴力憤恨的發語詞。

23. 老貓咪

小妹很生氣，她說：醫師不解釋病情，永遠和她躲貓貓！

我已經沒有辦法安撫小妹了。

我也是醫生，我想應該很多人也這樣抱怨我吧？醫師真是個忙碌的職業，要看住院病人又要看門診，還要為了評鑑和教學努力。對病人省點話也情有可原，反正該做的處置治療到位，就可稱盡責；招待不周，就請小妹不要太計較了。小妹覺得奇怪，為什麼「人醫」這麼好當，「獸醫」可就麻煩多了；現在人生得少，甚至沒有小孩，人與人的距離變遙遠，唯一可以信任的，就只有貓貓狗狗；這些寵物們，就像主人的生命一樣。

小妹有隻黑色老波斯，據傳已經十七歲，相當於九十多歲的老公公。小妹喜歡老貓咪，還幫老貓咪穿上可愛的裙子。天天抱上抱下，幫牠灌食打針吃藥，供奉得像尊菩薩。

小妹覺得照顧老貓咪很簡單，不像老爸這麼大一隻，感覺很難照顧。

老黑貓長得黑摸摸的，小妹老愛拍老貓咪的照片給我們；老媽不識相，總愛說老貓咪長得醜。小妹非常氣憤，我們可以念小妹，但亂說老貓咪，小妹會和我們拚命的。

我非常尊敬老貓咪，雖然我主觀地覺得老貓咪長得有點可怕，但我不敢跟我小妹說。

其實，我的小兒子小寶也長得挺抱歉的。但把小寶摟在懷裡，暖呼呼的，我覺得他是全世界最可愛的寶貝。

愛，就是這樣吧！

小妹說：「拜託！主治醫師查房，家屬不在，為什麼之後就不用解釋病情？為什麼不能用電話解釋病情？這如果是我們動物醫院，早就被翻桌了！」

小妹不理解為什麼洪平之醫師竟然是每天早上四點到八點來查房，這是什麼奇怪的時間？每天清晨，大家都迷迷糊糊，小妹在家照顧老黑貓，趕不到醫院，洪平之醫師看到是看護姊姊，病情就解釋得點到為止。不知是看護不靈光？或是主治醫師太省話？小妹一直抱怨。我屬「人醫界」代表，也覺得羞愧起來。

我是兒科醫生，這年頭的爸爸媽媽才不會這樣輕易饒過我們。孩子的病情，我總習慣一而再、再而三地解釋，我也是孩子的媽媽，完全能理解孩子生病時父母的煎熬。還好我的個性愛講話，爸媽應該覺得我很囉嗦吧！

我真的很無奈，只能拜託醫院人員好心把爸爸的檢查報告印給我們，但不是每位護理人員或專科護理師都賞臉，有的脾氣大得不得了，盡是刁難。一下叫我們去服務台印，一下說要問主治醫師，醫師又神龍見首不見尾，非常高深。好不容易得到報告，只聽到專科護理師或主治醫師神氣地說，要算錢、叫書記計價。然後一張一張大聲、清楚數著數，一張五塊。我覺得態度刻薄又討厭。花米醫院應該很缺錢？還是這樣可以發大財？

難怪小妹不滿。我也覺得這群人很惡劣。

醫院是爸爸自己選的，吃些排頭，我不便說什麼。

醫院最重視的是醫療，服務就是次之。

但如果連最基本的醫療都有問題，那就是笑話了。

在過去的時代，怎麼有權利要求醫院影印病歷或檢查報告？民國九十三年公布的《醫療法》第七十一、七十四條法規已明文規定：醫療機構不得無故拖延或拒絕病人申請病歷複製本，病歷摘要，及各項檢查報告資料。衛生署近年也努力推動「電子化病歷」，也讓民眾申請病歷更方便省時。這幾年，醫學倫理法規課程也不斷教育醫護人員：病歷屬於病人，千萬不要拒絕病人申請檢查報告，或病歷複製的權利；病方只需要付點費用。

希望所有的醫護同仁都能清楚知道，病人請求檢查報告，不是什麼過分的要求，不要刻意刁難。

下午，因為爸爸腳有出血點，醫生就安排做左腳超音波，明天做右腳。報告結果都還好，靜脈回流沒問題。

晚上九點，爸爸又發燒到三十九度。

二〇二〇年一月二十一日（二）二度住院第二天

這幾天，我們沒人可以再請假照顧爸爸了。就只能繼續拜託看護姊姊。

早上七點感染科主治洪平之醫生查房，只冷冷說了：「血液中有長菌。」跟上次住院一樣，一副沒啥了不起的樣子。感染科專家就是不一樣，應該對這些細菌非常有把握吧。

這次，洪平之醫師連長什麼菌都沒有說了，可能覺得我們也聽不懂吧。尤其今天在場的是看護姊姊，更加不會告訴我們長什麼菌。

爸爸左肩疼痛，主治醫師倒盡責，有會診骨科，還開了口服止痛藥。看護姊姊說爸爸吃了藥，疼痛稍有改善，但碰到左肩仍是不舒服。

看護姊姊還說：爸爸的手腳會不自主抖動，走起路來腳也軟趴趴；爸爸的咀嚼力更是孱弱，必須改吃軟碎的食物。這位看護姊姊對爸爸的飲食部分很盡責。只是我們都覺得爸爸整個變得好虛弱，之前還吃得好好的不得了。我們不斷提醒看護姊姊，小心點別讓爸跌倒。

這天中午爸爸持續發燒。

整個晚上，這些問題我已經寫寫改改用 Line 傳了很多次，次數多到小妹都不知道該問什麼問題？我心裡真的非常躊躇，不知怎樣才能把問題問到點上。我的帥氣老公對膀胱感染這麼嚴重這點，非常質疑，他覺得案情一定不可能這麼單純，反正他一直覺得綠膿桿菌疑點

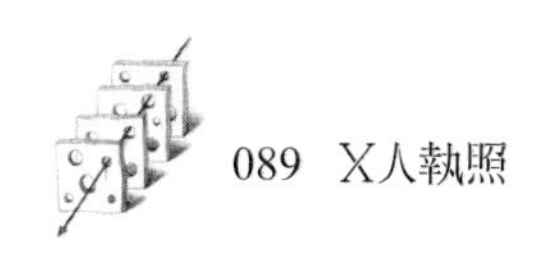

很多，而我已經不想回答他：我爸為什麼有綠膿桿菌這件事了。因為我根本不知道。

這幾天仍然是看護姊姊照顧爸爸，我們很怕花美男主治醫師又省話不回答問題：

一、這麼快就又感染發燒入院，請問是什麼原因呢？是不是跟上次一樣，或有新的感染源？

二、請問這個感染控制得下來嗎？過年前可否出院？若沒有辦法過年前出院？過年期間的病情只有值班醫師處理嗎？要如何詢問病情？

三、血紅素又快速下降。還有哪裡出血嗎？

四、請問腳和腹部超音波的結果，抽血驗尿報告，血液培養報告可否印一份報告給我。

● 以上問題麻煩醫師與蔡大姊（醫師）在電話上說一下（請看護撥電話）。

● 感謝感謝！之後的報告可否請主治醫師複印一份給我們。

● 再次感謝！

我終於綜合大家的意見，把這些最終版問題，謹慎打在 Line 上，拜託看護姊姊給主治洪平之醫師看，再拜託看護打電話，請醫師跟我們解說一下爸爸的病情。

這已經是我們想得到最好的方法了。

二〇二〇年一月二十二日（三）　二度住院第三天

早上，看護姊姊說這個醫生對看護很跩，洪平之醫生仍然非常簡單的回答：「就只能這樣處理。」泌尿道等其他問題什麼都沒說。只好請看護姊姊直接跟醫院要報告，讓我們過去就能看到報告。這次運氣真不好，遇到的專師周佳若，雖然不開口時形貌漂亮，態度卻很圈叉，一切只能見招拆招了！

我覺得不行，中午乾脆自己殺來花米醫院。今天爸爸終於不發燒了，但看起來精神很差，一直搖頭說累，帶著尿袋，一臉無奈。

看護姊姊不斷抱怨洪平之醫師很跩，她偷偷告訴我們，要學會指定主治醫師，下次住院一定不要找這個醫師，這個醫生完全不甩看護的。看護姊姊還一直學洪平之醫師瞧不起人，斜眼看人的樣子給我看，大概就像書上寫的「睥睨」兩個字吧？

OK，貴主治醫師竟然不對看護解釋病情，七早八早查房。我自己來問好了，我就去會會這個傳說中：態度非常惡劣的周佳若專科護理師，還有跩得二五八萬的主治醫師洪平之。

到護理站，當然，我非常識相客氣：「我是三二〇六－二床的家屬，我想詢問病情。」

周佳若專師果然很高調，她非常理所當然地說：「洪平之醫師，早上七點查房，你們得

每天早上七點來才行。」

我直接詢問：「妳好，我也是區域醫院的醫師，我們所有家屬都住在外縣市，一定得早上七點來嗎？妳可以解釋一下病情嗎？」

她的態度更輕蔑了，輕佻地說：「我可是專科護理師，護理師可不解釋病情！」

還囂張地推著了推旁邊的護理師：「不是嗎？我們可以解釋病情嗎？護理師可以解釋病情嗎？」續哼笑了兩下，覺得我像白癡一樣。

我只好說：「不然這樣好了，妳把檢查報告印給我，我自己看可以吧？我是病患家屬，我應該可以得到報告，難道還要我去服務台申請？」我知道她們之前有刁難過我妹妹，叫妹妹去遙遠的服務台印報告。

這位周佳若小姐一副受不了的樣子：「哎呀！我很忙的呢！等我忙完了，我再問主治醫師可不可以印報告給妳。只是，這是要計價的，一張五塊。」我點點頭，這些我全部知道。

接著，這位周佳若小姐裝可愛地歪著頭，想了想，又說：「我幫你們問主治醫師好了，我得問問看洪平之醫師有沒有空。」

說罷，就打起了電話，詢問了這位非常忙的大牌醫師，得到大醫師恩准後，終於把電話遞給我。我禮貌地自我介紹，認真詢問了洪醫師這些準備好久的問題：

「請問洪醫師，我爸爸是哪裡的感染，有別的新的感染源嗎？」

洪平之醫師非常篤定地說：「膀胱感染。」

我永遠記得這個答案。

洪平之醫師回答完所有問題，電話轉交周佳若專師，表示可以印報告給我們。

遠遠透過話筒，我有聽到，洪平之醫師非常精明地囑咐：「一定要叫書記計價。」

周佳若專師印完報告，高高舉起，在我面前明明白白，仔仔細細數著：「一、二、三、四、五、六、七……二十四、二十五、二十六，二十六張，一張五塊，一共一百三十塊。」

並轉頭對著護理站人員喊道：「快！記得叫書記計價，一共二十六張，一百三十塊！」

真是非常會幫醫院賺錢的人，精神可嘉。

我拿了報告，回答：「我們會付錢的。」

轉身就走，只覺得噁心。

第五章　假期

24. 過年

二〇二〇年一月二十三日（四）二度住院第四天

明天是除夕，要過年了，這幾天老忙著爸爸和小孩的事，醫院堆了一堆工作，我異常忙碌，全科更忙得如火如荼。

一早查房，我忍不住抓著我可愛的兒科專科護理師姐妹們，完整呈現昨天遇到世界蹺漂亮專師，和大牌花美男主治醫師的醫院鬼故事。

這些真的很誇張，希望永遠不會在我們科內發生。兒科的專科護理師們，是一群非常和善的姊妹。有她們在，幫兒科很多忙，解決科內病患很多難題，而且我們兒科專師非常專業，對人也很和善，原來我一直身在福中不知福。

我的好姐妹們在忙碌中聽完我的抱怨，完全傻眼、面面相覷，不可置信地問道：「那個專師不知道妳是醫生嗎？她真的敢這樣跟妳說喔？」

我可憐地點點頭，露出一副完全不知如何是好的樣子……。專師們很擔心我和爸爸，很認真地安慰我許久，更幫我出了主意：「妳可以去投訴『院長信箱』啊！」

「院長信箱？」

聽起來不錯，我們醫院對顧客意見非常重視，收到「院長信箱」一定處理。我是兒科主任，對科內投訴，只要有道理，一定立即改善。只是單為了態度不好投訴，我是沒有那麼閒了。雖然不爽，還是先作罷。

中午，開了主管院務會議。天啊！我竟然忘了戴口罩！昨天，院長才全院公告：「因應新冠肺炎疫情，院內全面戴口罩。」只有少數幾個醫療、行政主管，跟我一樣少根筋，忘記好好保護自己。但開會戴口罩，大家都不大習慣。院長戴著口罩說話，自己也覺得有趣。

院長在歲末年終，勉勵了大家。我覺得他是個非常棒、非常有行動力的院長。

開完會，我特別又跑去請教我們醫院的感染科主任。這位感控專家長得跟我一樣不高，彪眉皓髮，眼神銳利，行事作風乾淨俐落，完全不拖泥帶水，是個力量非常強大的人。因為敝院沒有小兒感染科醫師，所以很多時候都要麻煩到他，久了，我們也有些熟識。最近新冠肺炎橫行，整個感控單位超級忙碌，幾乎每天絞盡腦汁，解決這個沒人了解的莫名疾病。

我上次已經請教過這位感染科主任，這次只要接著問就可以了：「醫生說我爸膀胱感染，又住院了，目前打『復達欣』，但連續好幾套血液培養都長綠膿桿菌，怎麼辦？」這位感控專家行事快如閃電非常有效率，問他問題，一定要簡短、迅速、確實。

感染科主任大驚：「怎麼可能！怎麼還沒好？哪有可能膀胱感染治療這麼久不會好？血液培養還連續長菌？這個很奇怪，一定要治療久一點。怎麼不打『**美保平**』（Meropenem對綠膿桿菌更有效的超厲害抗生素）？『**復達欣**』效果不大好。」

我繼續問專家：「不是膀胱感染？那是什麼感染？」

專家笑一笑，說：「我怎麼知道？反正，**一定要非常努力去找真正的感染源**。」

感染科專家看起來快要逃跑了，我不死心，繼續追問：「治療很久？到底要治療多久？我爸主治醫師之前一直催我們回家。」

專家覺得奇怪，只能苦笑搖搖頭，說：「**要治療非常久啊**——如果病人不耐煩，一定要叫他AAD（註1），我不敢負這個責任。」

說完，專家就即刻消失，留下我一個傻傻站著，不知如何是好。

看完門診，處理完醫院的行政工作，還有累積一屁股的報告，已經很晚了。

還好我的小孩長大了，放寒假自己在家裡玩耍，看電視，吃飯，我算安心。

妹妹又傳了一堆爸爸的報告給我——完全沒辦法仔細看。

爸爸又開始發燒，精神很差，比之前更差。爸爸上次住院老愛看中天，還可以發表一堆藍綠評論，現在只是靜默看著卡通頻道的米老鼠，不知道是不是國民黨慘敗，衝擊太大？

小妹說爸爸又輸血了，主治醫師昨天幫他改了新的抗生素，希望病情變好。

我要小妹問醫生：怎麼不把抗生素換成超厲害的「美保平」？

小妹遇不到主治醫師，只能轉告尊貴的周佳若專師，想當然耳，專師不會鳥我們。

25. DIC

二〇二〇年一月二十四日（五） 除夕，二度住院第五天

今天負責照顧爸爸的是哥哥。真是辛苦他了。除夕要和爸爸兩個人孤零零在醫院裡。

小妹斷斷續續有 Line 一些報告在群組。

註1：AAD 即所謂「自動出院」，原名是「違背醫囑的出院（Against-advise discharge，縮寫為 AAD）」，是病人自己要求出院，不是醫師建議的，即使在醫師不認同的情況下——一般來說，病人 AAD 出院，醫師比較不須承擔責任。

尿意培養（1/19）：Enterococcus spp 50,000

（小便培養長了一個腸球菌，但數目不多，比較不需要在意。）

抽血報告（1/23）：

PT：12.8　PT control：10.5　INR：1.3

APTT：31.5　APTT control：25.6

D-dimer：6,635.85（正常 0-500 mg/L）

WBC：13.71 (3.54-9.06 10^3/uL)　Hb：8.3 g/dL　Platelet：84 (148-339 10^3/uL)

（抽血報告：血小板過低，貧血，白血球過高，凝血指數延長。）

然後小妹說老爸雙腳上持續有疹子，看起來還是紫紅色的出血點。

這幾天，爸爸都不斷在發燒。

晚上八點，小妹突然 Line 我：「爸爸是不是『DIC』了？」

驚！

我也嚇一跳，是誒——血小板過低，凝血指數延長，D-dimer 高達六千多，再加上小腿上的紫紅色出血點和爸爸的發燒，另外還有白血球上升及菌血症。

不，爸爸應該已經是敗血症了！（註2）

這真的是DIC！（註3）小妹真是高明。比我這個「人醫」厲害多了！爸爸的D-dimer高達六千多，這是用於DIC的診斷參考。我孤陋寡聞，很少看到那麼高的。

奇怪，主治醫師怎麼沒有跟我們說？這年頭住院，真的還需要自己跟主治醫師說病情嗎？我請哥趕快問主治醫師，是否要轉加護病房？

大過年的，護理師仍好心致電主治醫師，只是不知怎麼的，原來的洪平之醫師出國了，也從來沒跟我們說？現在變成另外一位感染科邱大偉主治醫師照顧爸爸，邱大偉醫師透過電話跟哥哥說：「現在過年，不適合轉加護病房。」

我有點傻眼，不知道病人嚴不嚴重，跟過年有什麼關係？

但醫生終於好心把抗生素換成對綠膿桿菌更有效的超厲害「美保平」，真是好不容易。

註2：敗血症（Sepsis）指的是由於感染所引起的全身性發炎的嚴重疾病。常見的臨床症狀包括發燒、呼吸頻率和心跳加速，以及意識不清。

註3：DIC（Disseminated Intravascular Coagulation），中文是瀰漫性血管內凝血。同時出現以止血與凝血功能障礙的病理生理過程。引起DIC的病因很多，以感染為常見，約占發病總數的三分之一以上。本病在臨床上可有出血、休克、器官損害、溶血等一系列的主要表現，病勢凶險，死亡率高。

二〇二〇年一月二十五日（六）　初一，二度住院第六天

花米醫院今天才開始確實執行貼在看板上的防疫工作：「因應新冠肺炎，探病要戴口罩、量體溫，有呼吸感染的要通報，去過大陸的就不可以去醫院。」

花米醫院的動作有點慢，比我們醫院遲了好多天。

這幾天，都是哥哥在醫院陪老爸，畢竟我們女兒都出嫁了，過年比較難回家。

26. 衰竭

二〇二〇年一月二十六日（日）　初二，二度住院第七天

爸爸整晚非常不安。一直坐起來，虛弱拍捶著胸口，用力噘著嘴呼吸。

爸爸一直重複無力嘶喊：「我足艱苦，我足艱苦，我ㄟ牽拖置叨？我欲找醫生——我欲去找醫生——」爸爸一直吵著下病床、找拖鞋，即使只穿了一隻拖鞋，也迷迷糊糊、搖搖晃晃，一直衝出門要去找醫生，看醫生，求求醫生解決身體的痛苦。

但，主治醫生都在放假，當然不肯來⋯⋯。小妹攔不住爸爸，又害怕極了爸爸會跌倒。

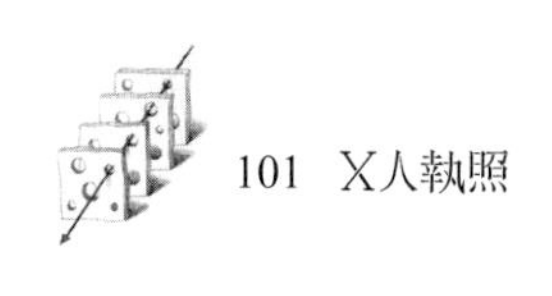

爸爸血壓飆高，心跳飛快，聽起來有點危險。

小妹千求萬求，值班醫師終於賞個類固醇，氣管擴張噴霧，附帶半支利尿劑。

爸爸終於慢慢舒坦下來，小妹哄了很久才把老爸哄睡。

我覺得這些事竟然會在台灣的區域級醫院病房發生，真是諷刺。

不知道這是台灣醫療上的鬧劇還是悲劇？

二〇二〇年一月二十七日（一） 初三，二度住院第八天

大年初三，我的先生又陪我和小兒子奔回花米醫院。

可能因為過年，還是新冠肺炎影響，整個花米醫院冷冷清清。即使幽靜，因為防疫戴口罩、量額溫、噴酒精等步驟，讓醫院多了點不尋常的肅殺氣息。這時候待在醫院真不好受。今天是小妹留守，她仍然體貼摸摸爸爸，輕輕柔柔和爸爸說說話。看到我們來，笑咪咪的。只是爸爸真的非常喘，坐在椅子上，完全沒辦法躺下來，看起來相當沒有力氣。聽到我小兒子的聲音，爸爸只是揮揮手，微微張開眼，就又闔上了，虛弱地說不出半句話。老爸一直很愛和我的小兒子抬槓，連胡扯的力氣都沒有，一定很不舒服。

我看到護理師來量血壓，問她：「病人這樣不是非常喘嗎？妳們不是很會臨床評估嗎？

這樣不用跟值班醫師說一下嗎？」年輕的護理師量量血壓，看看爸爸，又看看我們，表示會請值班醫師來，然後就一溜煙跑走了。

晚些，值班醫師當然不來看，我想：假日不盡心處理病患，應該是花米醫院規定的吧？

這幾天，爸爸食慾非常差，完全不想吃飯，每餐飯都吃非常久。住院已經好幾天了，怎麼爸爸不只沒有進步，整個病況還變差很多？我差小妹再去問問主治醫師。

這位主治邱大偉醫師可就絕了，名叫大偉，一身肌肉孔武有力，解釋病情卻畏畏縮縮，做起醫療處置更完全不積極。邱大偉醫師和一般醫師氣質不大相同——也許少數醫師喜歡名牌，但大部分醫師的衣著力求樸實整齊；邱大偉醫師可不同了，醫師服皺巴巴的像坨灰白色的鹹菜乾，說話小聲又沒說服力；感覺很害怕洪平之主任似的，還猛打太極，無論問什麼，只會怯生生推辭說：「**我是代班醫師，洪平之醫師很快就回來了！**」真是奇怪得不得了。

唯一的好消息，爸爸改用「**美保平**」這個超厲害抗生素後，尿液顏色好多了，也不再發燒，感染應該有慢慢控制下來。我們感染科主任果然沒有騙我。不知道花米醫院為什麼不早幫爸爸打「**美保平**」？其實我們已經建議主治醫師很多次了，不知道花米醫院的感染科醫生有什麼特別考量？

明天，洪平之醫師就要回國了，希望他之後能好好照顧爸爸。

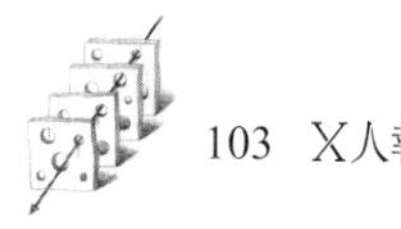

既然明天洪平之醫師回來才會處理，這次我可不客氣了，邱大偉醫師只專精太極拳，說自己是代班醫師，什麼都不處理？我就自己下醫令好了。

我拿了一張白紙，振筆疾書，一再叮嚀小妹交付洪平之大醫師：

一、是否追蹤：CBC/DC、CRP、GOT、GPT、bili T/D、Ddimer、Bun、Cr、Alb、Na、U/R、U/C、B/C、CXR、EKG？

二、病人喘、腫，無法躺平，是否可補白蛋白或氨基酸，是否需record I/O，U/R是否進步？目前的B/C及U/C為何？

三、整體狀況很不好，退步非常多，講話非常少、很不清楚、很喘、躺不下來，是否肺積水或心衰竭？

二〇二〇年一月二十八日（二）　二度住院第九天

洪平之大醫師終於回國了，希望有醫師願意給爸爸做些檢查，積極治療。

只是花美男醫師玩耍回來，心情應該非常愉快，但看到爸爸仍然住院，不大開心，清秀俊朗的臉上，蒙著濃濃的陰霾。

小妹擔心地問洪平之醫師：爸爸怎麼越住越嚴重？

洪平之醫師板著沉靜陰柔的一張臉，冷冷回答：「病人年紀大了，醫院住久了，本來就會這樣。」

我真的建議衛生署、疾管局去查查：

衛生福利部花米醫院，在菌血症或敗血症的情況，是否每個病人都越住越嚴重？

我真的懷疑，這些老人的抗生素是否使用得宜？

二〇二〇年一月二十九日（三）　二度住院第十天

爸爸的白蛋白低到二．二 g/dL，喘得不得了，腳又腫，一直打利尿劑哪是辦法？

小妹非常擔心，只好詢問可不可以幫爸爸補白蛋白？

這位漂亮的周佳若專師擺起一貫的晚娘臉孔，以高八度的音頻回說：「白蛋白，要自費。妳自己說！要補幾瓶？」

小妹一時被嚇傻，完全不知如何回答，小妹怎麼會知道「人類」怎麼補白蛋白？

小妹狂 call 我，生氣地問我：「爸爸情況不好，想補白蛋白，專師的態度，怎麼像餐廳的阿嫂一樣？這是點菜嗎？應該是專業的醫護人員建議我們補多少吧？該補多少，就補多少，這已經不是錢的問題了。」

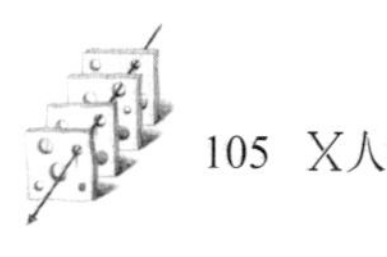

小妹完全不知道「人類」醫護人員的專業在哪裡，難道為難病人這麼好玩？新仇舊恨層層交疊，小妹越發不滿意這位臉善嘴惡的周佳若專師。

我更不爽，我完全不懂，白蛋白只有二．二g/dL，為什麼不能用健保補？我覺得小妹願意用自費補，跟冤大頭沒兩樣。

我先生看我倆吵成一團，沒啥結論，只好跳下來，自告奮勇打個電話給周佳若專師。

我先生可是個專業的醫師，他客氣地連串詢問周佳若專科護理師：「心超結果有明顯心衰竭的狀況嗎？抽血報告如何？如果看起來比較像血管內容量不夠造成腎前腎衰竭，導致尿出不來，是不是需要請心臟科和腎臟科一起會診評估病患輸液的狀況？如果補充幾天白蛋白，再加上一些靜脈液注射，是否會比較好一些？」

周佳若專師對我小妹姿態高又不客氣，但回答起專業問題馬上變得吞吞吐吐，這位後母級的美麗專師，竟然對爸爸的情況一問三不知，翻了查了好久病歷，才胡亂回答：「心臟科好像說是肺水腫？好像說覺得積水很嚴重……。」

我先生只好拜託她：「先用白蛋白補看看，利尿劑繼續用，看水能不能拉出來。」

說完這些，這位周佳若小姐仍不忘對我先生說三道四：「你小妹不是專業的醫護人員，什麼都不懂……。」

掛上電話後，我先生不斷搖頭：「這個專科護理師很混，對爸爸的情況完全都不理解。」

27. 夢魘

小妹實在請太多假了，原本預定晚上一定要回中都，看護姊姊都請好了，但爸爸完全躺不下來，坐在病床上，整個呼吸都是啦啦響的濕水聲。

爸像掉到水裡，奮力求救，噘著嘴用力呼吸，肺裡盡是啦啦啦的水聲。

爸緊閉著眼，充滿不安與痛苦，額頭上冒著幾顆晶瑩汗珠。小妹幫爸爸拭去了汗，哄了哄焦躁的爸爸；爸只是搖頭，完全靜不來，爸爸全身不舒服；但，他也說不出哪兒不舒服。

小妹心裡很害怕，她有非常奇怪的預感，小妹不敢離開，不敢放下爸一個人回中都。

小妹焦慮不安，不斷跑到護理站詢問爸爸的病況。

小妹打電話問我，恐懼急迫、還輕輕地啜泣，說：「姐，我是不是不行離開花米醫院，會是今晚嗎？爸好不舒服，會是今晚嗎？」

爸的肺，濕淋淋地泡在水裡，除了幾聲虛弱的濕咳。

但比起之前，爸的頭腦變得異常地冷靜、清楚，他還知道小妹快要回中都了。擺擺手，爸倔強地要小妹離開。

爸的呼吸一直啦啦啦的充滿水聲。用力大口呼吸、用盡全身的力量、費力喘著。即使戴著氧氣導管。爸爸還是沒有辦法躺下來，他必須倚著床半坐臥著。

值班醫生終於給了一個正壓呼吸器，接上血氧監視機。

護理人員來抽痰「煞—煞—煞——」的，老爸漲著發酣的臉，無助地扭曲掙扎。醫護人員輕鬆解釋著：笑小妹大驚小怪，責怪爸喝太多水才會肺積水。還說因為病人太老、太瘦、肌肉太少，才沒有力氣呼吸。沒什麼大不了的。值班醫師和護理人員不斷數落小妹太外行、看太少，連一旁的看護也叨唸了小妹兩句。

晚上十點：

血液檢查：

PH：7.253　PCO2：62.1mmHg　PO2：161mmHg　HCO3：26.8mmol/L

Total CO2：28.7mmd/L　BE：-1.8

SaO2：99%　WBC：26,730u/L

小妹眼裡看著喘得不得了的爸爸，心裡非常害怕，情緒不由得激動起來，崩潰地質問值班醫師：為什麼會這樣？為什麼白血球會這麼高？為什麼感染完全沒控制？值班醫師為了安撫妹妹，只好再加上了「汎克黴素」（廣效抗生素 vancomycin）。

爸爸被放上正壓呼吸，很不舒服，雙手不自主地亂揮，就被約束起來了。

其實這一晚我不在現場，沒辦法清楚記錄爸爸發生什麼事，很多，我都是事後參考「**護理紀錄**」（註4）寫的。護理人員在過年這幾天的護理紀錄，不斷清楚陳述著**小妹的焦慮、爸爸的痛苦，與醫師的消極不作為**。即使現在，小妹說到這些事，仍然會不由自主掉下淚。

凌晨四點還有一段，爸爸血氧掉到六十幾，雙手被束縛，正壓呼吸器歪掉的事，小妹每每說到，都會痛苦自責不已，我沒有在現場，寫不出這段的實際情況，只覺得心酸。

28. 院長信箱

小妹半夜哭喊著打電話給我，我也不知道怎麼辦。最近過年停了好多次門診，明天有好多預定的小病人，不能再休診了，我也不知道怎麼辦。

我的先生透過電話，聽到爸爸的呼吸聲和那個血氧報告。

他臉色鐵青，嚴肅地說：「爸爸一定會被插管。」

「插管」？！

我跟病人家屬說了很多次，這次竟然是我爸爸……。我非常慌亂，完全沒有判斷能力。「院長信箱」四個字忽然閃過我的腦海，只有這個方法了。我拿出筆電，把這幾天的不滿打成一篇短文，進入花米醫院網站，查了院長信箱，寄出。幹！被退件。

我改了一台電腦，再寄出。幹！仍退件。

我忙了很久，得到了一個結論，這個院長信箱是幌子。幹！

我不斷上網Google關鍵字「醫療糾紛」、「發生醫療糾紛怎麼辦」。我找到財團法人台灣醫療改革基金會，下載一本《醫療爭議處理參考手冊》，我把信寄到「衛生福利部中央健康保險署電子信箱」。

註4：十九世紀南丁格爾（護理鼻祖）即指出護理人員記錄對病患的觀察，有助於病患獲得最適當的照護及恢復健康。《護理人員法》亦規定：護理人員執行業務時，應製作紀錄。記錄的原則需具真實性與準確性。

二〇二〇年一月三十日（四）　二度住院第十一天

小妹一早仍很氣，因為夜裡發生很多亂七八糟的事。上班時間一到，我趕忙打電話到社工室，告訴她們我爸非常危急，C社工給了我一個電子信箱，讓我能將郵件順利寄出。

病安問題。家屬申訴案件。

懇請醫院高層主持公道

一、過年期間原主治醫生出國，更換主治醫師，完全沒被事前告知，完全不尊重病方。

二、過年間，因為非原主治醫生，請院方做血液或檢查追蹤，三樓專科護理師周佳若：都以過年期間醫生不在推辭，態度傲慢。難道過年病人就不能生病嗎？

三、白蛋白數值在入院時就已知過低，病人又很喘，懇請護理人員告知醫師，卻以過年很忙理由拖延，直至一月二十八日主治洪平之醫師，才在我們苦苦拜託下，抽血檢測，當我們提出為何病人如此痛苦不舒服，且進步緩慢時，主治洪平之醫師只是回應：住久了，本來就會這樣。（真的嗎？）

四、但病患在院期間，已從胸悶、喘、肋膜積水至今日肺水腫，還告訴我們病人太瘦才沒有力氣喘？病患已經喘三天了，這不是呼吸衰竭嗎？白蛋白指數低到二．二 g/dL

仍讓我們自費打白蛋白，不知貴院醫德何在？健保局是這樣規定的嗎？

五、這次血液／尿液培養結果，與上次住院時培養到的細菌都是綠膿桿菌，但抗藥性更強，上次住院到一半，即使血液培養有長菌，卻被趕著出院。導致病患十四天內相同診斷再次入院，是不是有疏忽之責？

六、此次抗生素的選擇，在血液、尿液培養結果出來後，不選擇最有效的抗生素，仍使用效果不好的抗生素，在使用多天，發現病患仍發燒，甚至D-dimer高達六千多之敗血性狀況，在我們頻頻催促下，才更換成目前的抗生素，導致治療拖延。現在病患不知是否合併肺炎？也不知道是不是要再加別種抗生素，這應注意而未注意事項，貴院是否應該檢討？

我的父親因為非常信任貴院，而堅持於花米醫院住院。雖然我們不是專業的感染科專家，只是普通的獸醫、兒科醫師和內科醫師，卻完全覺得貴院的處置匪夷所思，令人不知所措。

病人安全是一個醫院最基本且最重要的。不知為何貴院不斷輕忽，且態度傲慢。

懇請貴院高層主持公道。

另外，貴院網路上的院長信箱完全是無法使用的。

29. 語音

「衛生福利部中央健康保險署電子信箱」的M先生，一早很快就電話回復我，我火速跟他求救。M先生告訴我，我投訴錯地方，應該投到地方衛生局，他隸屬中央，遠水救不了近火。但他一定會幫我把訊息轉到地方衛生局，與花米醫院院長室，他一定會幫忙。

M先生沒有騙我，雖隸屬中央，他幫了我幾次。由衷感謝他。

沒多久花米醫院的C社工就打電話，很客氣地回覆我：「蔡小姐您好，關於院長信箱的內容，花米醫院有規定，需要五個工作天處理。我們很快的就會回覆您。謝謝！」

五個工作天？我大驚，算算就是下週三了……。

「你們真的要下週三才會回覆我？對我爸而言，這可是生死交關的事啊……。」

C社工還是很客氣地回覆我：「沒錯，這是我們醫院規定的，院長信箱需要五個工作天處理，我們五個工作天就會回覆蔡小姐您了。謝謝！」

突然，我有點恍惚；這到底是真人？還是語音信箱？

我不死心，急切地繼續問：「你確定嗎？我覺得這很緊急欸，這不是護理人員態度不好，也不是地板太滑、電視壞掉的問題……。這是人命相關的緊急事件，你確定貴院這樣處理？」

C社工還是禮貌的複誦了一次一模一樣的話給我：「沒錯，這是我們醫院規定的，院長信箱需要五個工作天處理，我們五個工作天就會回覆蔡小姐您了。謝謝！」

幹！這個字在我心頭狂暴響起！

我沒再說什麼，只回答：「我知道了……。」就掛掉電話。我無力地癱軟跌坐在診間椅子上，完全無法看接下來的門診。我管不到身邊病童家屬的感覺，或護理人員的滿臉疑問。淚。不停地落下。

我拜託護理人員暫停我的門診。我太激動了，沒有辦法做任何思考……。看病是需要很專心的事。

到底發生什麼事了？為什麼？為什麼？為什麼？

我完完全全沒有辦法思考。

這個醫院到底是發生什麼事？

30. 良醫

早上十點多，小妹又打電話來，爸爸已被急轉到加護病房了。

加護病房的醫師是一位年輕的心臟科盧醫師。爸一轉到加護病房，盧醫師就迅速幫爸爸做了心臟超音波，胸部X光，補上白蛋白。

他詳細審閱一下，告訴小妹：「你爸爸的狀況非常危急，一定要立即插管，否則，有八成的死亡率！」

我們不知道該哭還是該笑。這是第一次，在花米醫院，終於有人相信我們的說法，願意好好幫我們照顧爸爸。該開心嗎？但，插管？八成死亡率？有什麼好開心的？

這個心臟科醫師接著說：爸有一個變得更嚴重的二尖瓣逆流。

盧醫師強烈懷疑，爸是感染性心內膜炎。

幹！IE?這是什麼新診斷？

第六章　幻滅

31. IE，感染性心內膜炎

幹！IE？這是什麼新診斷？

感染性心內膜炎（infective endocarditis，縮寫為IE）（註1）對我這個遠離醫學中心許久的兒科醫師而言，根本是個傳說中的疾病。

搞錯了吧？開什麼鬼玩笑！不是膀胱感染嗎？不是打抗生素就會進步？做膀胱鏡就會好的嗎？這什麼鬼？我爸又不是毒蟲？得什麼心內膜炎？

那我爸心臟有那個什麼細菌贅生物嗎？做心臟超音波看不出來這些爛東西嗎？

我不斷搜索腦海中對這個鬼病的模糊記憶，除了心臟破洞和瓣膜疾病看牙齒要給些抗生素外，對這個鬼病的想法少得可憐。下診我立馬開車衝去醫院。

在花米醫院的加護病房。我死命飆罵這個心臟科醫師。我把之前對花米醫院的所有不滿，全部傾倒在這個年輕醫師身上。

為什麼不處理？為什麼胡扯？為什麼怪我爸太瘦、太老、住太久醫院？

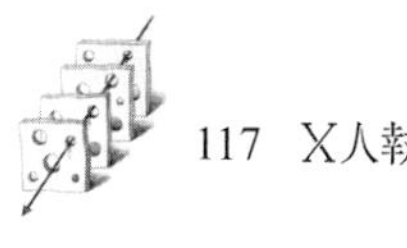

這位英俊的盧醫師倒是鎮定，他不徐不徐地仔細告訴我，早上做了什麼處理，這個病有什麼危險，為什麼這樣懷疑。

我終於冷靜下來。

我終於可以止住激動，靜下心來，好好聽他說——他說爸有這麼多次的菌血症，又有變得更嚴重的二尖瓣逆流，非常可能是感染性心內膜炎。雖然綠膿桿菌不是很黏的細菌，也不是感染性心內膜炎常見的菌種；但盧醫師建議我們一定要帶爸爸去西都醫院好好檢查、治療。

我讓盧醫師重覆一樣的話好多、好多次，因為我實在難以理解。

但我隱約覺得盧醫師說的非常有道理。這是我在花米醫院，第一次感受到爸爸被醫師誠心照顧，雖然眼前的醫師非常年輕，他給我非常可以信賴的感覺。

註1：感染性心內膜炎：主要是因細菌侵犯心臟瓣膜而造成之感染，最常見的細菌是綠色鏈球菌約占五〇%，葡萄球菌則常發生在毒癮、瓣膜鈣化或洗腎之病人。大部分的病人可以聽到新的心臟雜音；心臟超音波可偵測到瓣膜上的贅生物（vegetation），依臨床症狀及細菌培養結果，給予對細菌有效的正確抗生素治療，治癒率約有六十五至八〇%。

盧醫師建議我們轉爸爸去西都醫院。

西都大學附設醫院是南部最具規模的醫學中心，科別最齊全，儀器最新穎。盧醫師也是西都醫院訓練出來的優秀醫師。盧醫師還說，爸爸一定要接受TEE（註2）的檢查，甚至心臟外科手術。這些，全都不是花米醫院所能處理的。

雖然，我覺得爸不可能得什麼感染性心內膜炎，但盧醫師說得誠懇，非常讓人信服。

雖然不斷有醫界朋友警告我：花米醫院根本是榮院，病人來這個醫院，只是等死而已——他們甚至覺得我爸在花米醫院求醫，根本是自尋死路——花米醫院全是西都醫學中心送來度假或升不上去的流放醫師。而眼前的醫師完全不同，可能爸爸只是之前運氣不好而已，花米醫院應該不可能這麼糟糕。

爸爸看到我和媽媽來了，嘴裡放著一條大管子，一直要起身喊救命，完全不知道發生什麼事，眼裡盡是驚嚇。爸的雙手更被牢牢地約束，眼淚都流下來了。

我和媽媽就像普通家屬一樣，只會勸爸不要動、放輕鬆，我覺得我很廢。然而在這個生死關頭，無論達官貴人或販夫走卒，反應應該不會差距很遠。

盧醫師說會幫爸爸放些鎮定劑，降低爸的不安，不要一直掙扎，氧氣濃度也會好一點。

我很擔心，坐救護車轉院到西都醫院路途遙遙，也是危險。盧醫師一口答應，一定會陪

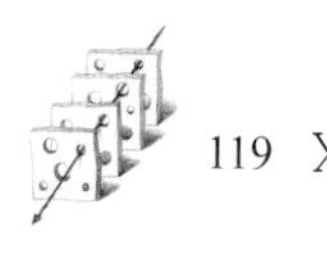

伴爸爸過去，做最安全的轉院，並且一定會將花米醫院這裡的住院過程，好好交付到西都醫院的加護病房醫師。

盧醫師告訴我，現在爸爸繼續使用超厲害「美保平」治療綠膿桿菌。我覺得爸爸的肺部X光很差，既然考慮心內膜炎，拜託他多加個抗生素，盧醫師於是就好心地加回「汎克黴素」。

盧醫師還說，西都醫院的加護病房非常滿，目前還要等六個順位。我非常感謝爸爸在被世界遺棄的時候，出現了這盞明燈。畢竟這世界還是有客氣、體貼、醫術高超的醫師。

出了加護病房，我非常認真，一字一句清楚嚴肅地跟媽媽說：「現在爸只有妳一個人可以救，一定要想看看，爸爸有哪些人脈，想想辦法，讓他可以盡速轉到西都醫院，接受最佳治療——不管誰，都要去求！」

註2：TEE，經食道超音波（transesophageal echocardiography）是將超音波探頭藉由類似胃鏡的軟管，在局部麻醉下將超音波探頭放置在食道內，食道位於心臟正後方，可以更清晰地看到心臟的結構與功能。

32. 浮木

我的爸爸是國立西都大學退休的老教授，曾官拜主任秘書，也算西都大學理工系的大老了。其實爸應該到西都大學的附設醫院治療的，我不知道爸爸為什麼這麼熱愛花米醫院？不知道跟玄天上帝有沒有關係？

西都醫院是南部最大的醫學中心，爸爸不論在西都大學或其附設醫院都有一些舊識。國立西都大學校區非常廣大，是著名的大學城，我住在文教區，從小幾乎在西都大學校園長大。夏季時分，爸爸常常帶我們到學校辦公室旁的麵包樹抓亮綠色的金龜子；爸爸也常常不知道去哪裡弄來好幾隻知了讓我們玩。唧—唧—唧—的，每個夏天都好不熱鬧；西都大學人行道旁有滿滿鳳凰木，每年畢業時節，整個校園艷紅翠綠，很多穿著學士服的大學生都打打鬧鬧，輪流搶拍照片。

我很懷念小時候和家人在西都大學游泳池游一夏天的泳，把自己搞成黑炭色；和哥哥妹妹到西都湖餵五顏六色的大鯉魚（現在只剩下黑壓壓的烏龜了）；我們兄妹們繞著大榕樹爺爺跑步，看大學生飛遙控直升機；還有爬到大砲台上擺 pose 照相的快樂時光，爸爸年輕時很愛拍照，有台小單眼。

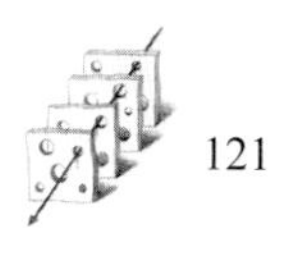

讀高中的暑假，我常假文青似地在大學圖書館K書，當然，大部分的時間，都是在聊天嬉鬧。在大一、大二的暑假，爸爸還曾幫我在西都醫院眼科，找過工讀小妹的缺；整個假期，都在量視力、眼壓，以及和實習醫師打屁中混過。

當醫生後，我偶爾也會來西都醫學院開會，雖然沒有在西都大學讀過書，但整個西都校園和院區我都非常熟悉。爸爸曾經希望我讀西都大學，或跟爸爸一樣變成理工科的教授，甚至到西都醫院工作，全都陰錯陽差地錯過了。我喜歡走自己的路，就跑去高庚醫院完成住院醫師訓練，然後在朝英綜合醫院工作至今。

爸爸雖然退休已久，但我想西都大學應該有爸過往的遺續人脈，我的表哥也曾在西都醫院當醫師，表哥跟爸爸很親，不可能不幫忙。媽媽更應該努力想想，有哪些老朋友可以託付。爸爸已經插管了，現在遇到一位好醫師，之前倒霉的事應該不會再發生了吧？

國立西都大學附設醫院——宛如大海中的浮木，黑夜後的曙光。

我非常相信，只要轉去西都醫院，爸爸一定就會好起來。

不管爸爸有沒有什麼天殺的感染性心內膜炎；

西都醫院的醫師，一定會拯救大海中載浮載沉的爸爸。

二〇二〇年二月一日（六） 二度住院第十三天

傍晚，盧醫師突然聯絡我們，西都大學附設醫院加護病房有床了，花米醫院院長竟然下旨，除了盧醫師還有另一位醫師，會護駕爸爸過去。

我不知道是院長信箱起了作用？還是媽媽拜託的人脈幫了忙？或是西都醫院加護病房突然空了很多床出來？總之，爸爸一下子就可以轉到西都醫院加護病房。如果真的是院長信箱起了作用，也好，算花米醫院終於學聰明了，知道要盡快丟掉這顆燙手山芋。只是，也太慢了吧……。

我有點不安，因為今天是星期六，假日轉床絕非好事。我們家人商量了一下，很快家人決定盡快轉院到西都醫院。畢竟之前花米醫院的處理，非常令人失望。

在爸爸緊抓浮木，等待救援的風雨時刻。

死神的樂章突然在我們耳畔瘋狂奏起。

只是我和我的家人都不知道而已。

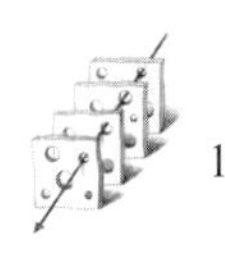

西都醫院果然是醫學中心，和花米醫院完全不一樣，即使假日值班醫師都非常積極，他們一下要我簽TEE（經食道超音波）的同意書，一下要幫爸爸抽肋膜積水。我問值班醫師：「做不做TEE，與之後的處理或癒後有不同嗎？」

值班醫師清楚地告訴我：「做TEE只是為了看清楚有沒有vegetation（心瓣膜上，由細菌造成的贅生物），與抗生素治療的時間有關；若瓣膜有細菌贅生物，治療會久一點，大約六週甚至更久，其他差異不大。」

醫師解釋得很清楚，我和家人討論了一下，既然跟治療預後沒有關係，等個兩天也還好。爸爸非常累了，讓他休息一下也好。

我再三跟值班醫師確認，讓爸爸繼續用超厲害「美保平」和「汎克黴素」治療。但我跟妹妹千交代萬交代，週一見了主治醫師，若建議你做TEE、抽肋膜積水或什麼的，不要猶豫，一定要馬上簽同意書，不要延宕爸的病情才好。

二〇二〇年二月三日（一）　轉院第三天

我等了一天，西都醫院沒有打任何電話來。我還是不斷交代妹妹，如果接到醫院電話要立刻趕去簽同意書。

二〇二〇年二月四日（二）　轉院第四天

我等不及了，一早直奔西都醫院內科加護病房。

由於新冠肺炎的關係，西都醫院開始量體溫、篩檢等全院管控。停車場排了長長的車龍，警衛指揮亂七八糟，還不客氣罵我，看個病急什麼！我超級不爽，衝動回答：「我家人病危了，可不可以好好指揮一下！」

我已經在醫院工作二十幾年了，如果不在家裡，所有的時間，幾乎都待在醫院。在醫院裡看診、查房、檢查、打報告、上課、教學、開會……對我全是熟悉不過的事。

年輕時我初到醫院工作，最愛看漫畫小說描述鬼怪的靈異故事，但我在醫院工作那麼久，一隻鬼都沒見過。我曾經外派到許多醫院工作，晚上也常常睡在值班室。當住院醫師的繁忙日子，更訓練出躺下就睡的一流工夫。無論別人認為醫院有多陰、有多少另一個世界的朋友，醫院對我而言是非常安心的。

之前爸爸在花米醫院看病、住院。我一直謹守分際，相信爸爸的醫師都是會好好治療病人的好醫師。不用沒事就亮出我醫師的名號，找什麼立委幫忙或四處找人關說，讓別人當我們是什麼 VIP。但我實在完全無法相信，這個時代，竟然會發生這樣離譜的事。欺負我妹妹就算了，醫師竟完全胡亂治療我爸爸。現在爸爸轉來西都大學附設醫院，我一定好好盯

著，總不會又出什麼差錯吧？

過去我來到醫院加護病房都是刷卡，或按鈴叮咚~像回自己家，隨進隨出。這次是為我爸爸來到加護病房，我和一群病患家屬一起在門外排隊，沒有任何特權，我和一般家屬一模一樣，竟讓我有點緊張了起來。

早上十點半，準時開門，魚貫進入，穿隔離衣，洗手，每一個動作都要標準不能打混，這裡不是我的地盤。我之前沒有進過西都醫院的加護病房，醫院雖然對我非常熟悉，但這裡，卻異常陌生。

我來到爸爸的病床前，突然聽到有人叫我的名字。

哈！一張熟悉又陌生的臉孔，是我的表哥。

我的表哥一直是傳奇般的存在——每個人在求學時期，一定有一個讓人又羨慕又嫉妒的角色存在，就像哆拉A夢裡的小杉就是這種完美同學。從小到大全部考第一名，大學聯考理所當然考上台大醫科，並在西都醫院當過醫師。

在陌生的西都醫院加護病房，看到好久不見的表哥，真的很開心。爸爸和表哥還參加同個合唱團，一起見面的機會甚至比我多，表哥一定會幫忙照顧爸爸的，我的不安剎那間少了許多。

表哥已經很久不在西都醫院工作了，只有偶爾回來幫忙一下。表哥的二姊和爸爸最近身體也不大好，所以表哥近日亦是頻繁出入西都醫院。我簡短向表哥陳述了一下爸爸的情形，表哥對於爸爸病程進展如此快速，很是驚訝。我們聊了兩句，主治醫師就來了。

33. 白色巨塔

內科第二加護病房的主治醫師是感染兼重症科的司馬復醫師。這位醫師精心梳理著古板整齊的傳統西裝頭，髮上抹著濃濃厚重的髮膠，蒼白嚴肅的方臉上帶付黑框眼鏡。司馬復醫師身材高大魁武，可能有一百八十幾公分，站在他的身旁更襯托我的矮小。**白色巨塔，大概就是這個意思**。

為了看清楚爸爸的心臟，我還特別帶了原子筆，準備好要來填 TEE（經食道超音波）的同意書，只等司馬復醫師開口而已，我很害怕耽誤爸爸病情。雖然我一點都不覺得爸爸是感染性心內膜炎。

高大的司馬復醫師來到我和表哥的面前，吞了吞口水，四平八穩地對我跟我的表哥說：

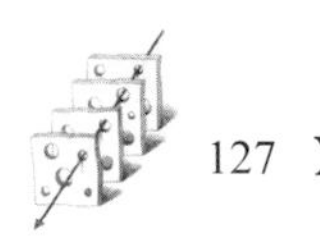

「病人有肺水腫情形，給過白蛋白及脫水治療，因為氧氣需求不高，現在已在做呼吸訓練，狀況好的話，這週可以嘗試拔管。」（真的是肺水腫？不是肺炎，肋膜積水嗎？）

「另外，病患有貧血情形，凝血時間延長，血小板掉到六萬七，病人有肝硬化情形，可能合併B肝、C肝，可以做胃鏡排除腸胃道出血情形。」（等等？！我爸前一陣子做過消化道內視鏡了，有必要再做一次嗎？我非常疑惑？還有，我爸沒有B、C肝，當然也沒有肝硬化，我爸又沒喝酒？是誰說他有肝硬化？）

「最後，因為病人情況進步許多，現在開始『**降階治療**』，就是**將抗生素降階**到『**復達欣**』和口服抗生素。」（這是在搞什麼？我爸不嚴重嗎？為什麼用什麼降階治療？還吃口服抗生素？還有「**復達欣**」就是之前那個打了很久沒啥效的抗生素。）

我瞪大眼睛！覺得完全不可思議！

我非常疑惑地問主治醫師：「我已經照護我爸一個多月了，『**復達欣**』之前已經使用過了，真的沒有效，可不可以改回『**美保平**』。我爸才剛插管整個情況很不樂觀，可不可以拜託改回『**美保平**』……。」我真的苦苦哀求這位主治醫師。

高大的司馬復醫師繼續板著臉，一字一句對我說：「我是為了妳爸爸好，一定要這樣使用抗生素，妳知道嗎，這樣子，妳爸將來才有藥可以用，才不會沒藥可醫！」（司馬復醫師說話的聲音越來越大，口罩下可能爆噴了些口水。他還用台語重複了一次一模一樣的話，可能覺得我像什麼都不懂的歐巴桑？）

（拜託，我爸都這樣了，我哪管他以後用什麼抗生素？）

「司馬醫師，你真的確定嗎？也許我年紀大了，學得不好，可是我們以前書上真的不是這樣教？現在教課書上真的這樣寫嗎？」

高大嚴肅的司馬復醫師非常不開心，漲紅著臉，把頭抬得更高，更大聲更清楚地說：「沒錯，現在教課書上就是這樣教！」

我的表哥覺得我瘋了，一直要打斷我的話，臉上彷彿畫了三百條線。

我不死心，突然想起，繼續逼問：「司馬醫師，不是說我爸爸有感染性心內膜炎嗎？不是要做 TEE 嗎？為什麼不做這個檢查？」不知道是我多疑？或是如何？我覺得司馬醫師好像不大清楚這件事。我真的很懷疑，他是否知道我爸之前在花米醫院發生過什麼事？住過幾次院？用過什麼藥？甚至長過什麼菌？

高大的司馬復醫師頓了一下，回過神，繼續傲冷地說：「妳要排 TEE 也可以，改天再安排就好了！」

表哥覺得我很失態，非常沒有禮貌，急忙把我拉離加護病房。表哥把我帶到他熟悉的影

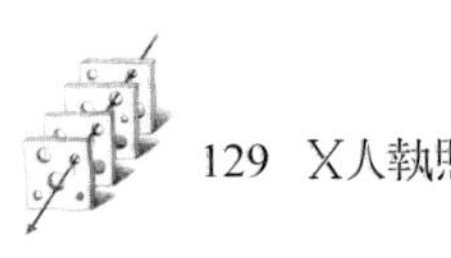

像科。和我不一樣，我的表哥很安靜，他是個影像科醫師，比起我這種滔滔不絕，每天面對病人的臨床科醫師，表哥更像個功夫了得的沉默影武者。

電腦前，表哥緩緩打開爸爸的胸腔X光片，邊看片子邊對我說：「不要這樣跟主治醫師說話，這樣人家會不爽，醫生不爽，病人就遭殃了。」

（是有道理，可是，我都還沒有見到他，他就亂改抗生素，這樣才是糟糕吧！）

表哥推推他非常厚重的眼鏡，繼續仔細審視爸爸之前的腹部斷層掃描：「我不是臨床人，可是，我覺得單純的膀胱感染不可能這麼嚴重。而且，我覺得阿伯的胸腔X光很糟，跟司馬復醫師講的都不一樣，阿伯目前的片子是不可能拔掉氣管內管的。」

表哥歪著頭想了想，遲疑了一下，拿起電話，就撥了個電話給司馬復醫師，請他幫爸爸做一組胸腹部電腦斷層，這樣就可以知道，到底爸爸是肺炎、肺水腫，或肺積水，也可以釐清有沒有膀胱腫瘤或腎臟膿瘍；表哥覺得，這是他目前唯一且最可以為爸爸做的事。

表哥鎮定地看著我，平靜地說：「如果妳真的覺得這個主治醫師有問題，妳可以去換主治醫師啊。」

我不知道表哥是認真的？或是什麼意思？我不敢再細問表哥，也不知道該怎麼辦？

我被call回加護病房，簽爸爸的電腦斷層的同意書。一位資深的護理人員徐徐走來，和善親切地跟我打招呼：「妳好，我是內科第二加護病房的護理長。妳是蔡醫師吧，我知道妳是朝英綜合醫院的兒科主任；爸爸之前在花米醫院治療，現在轉過來我們西都大學附設醫院，妳不用擔心，我們是醫學中心，有很多人可以照顧妳爸爸；我們知道，妳父親是西都大學的退休教授，我們一定會做最好、最完善的醫療。」這倒好，已經把我們的底細摸得一清二楚，這樣最好，希望大家不要再亂搞了。

這位護理長把我介紹給身邊較年輕一點的護理人員，說：「這是我們加護病房另一位鄧小華護理長，有事都可以找她幫忙。」

我簽完同意書，拿了些衛教單張，離開時忍不住跟身旁的鄧小華護理長抱怨了抗生素「降階治療」的事。這位護理長搭著我的肩，陪我走出加護病房，親切溫柔地說：「隔行如隔山，妳是兒科醫師不懂沒關係，我們西都醫院是醫學中心，加護病房的醫生好專業的，跟你們區域醫院不一樣。」

聽完她的話，我就一個人走出了加護病房。

我有身在谷底，徬徨、落寞至極的感覺。

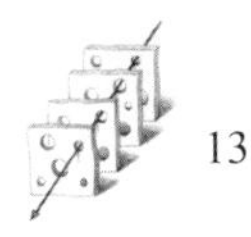

二〇二〇年二月五日（三） 轉院第五天

一早我就瘋狂打了好多次電話，死命拜託鄧小華護理長——一直拜託到幾近懇求的地步，我不斷告訴她：「我之前在花米醫院真的發生很多不愉快的事，而且『復達欣』真的沒有效，我昨天已經惹司馬復醫師生氣了，我不敢找司馬復醫師說話，可否好心幫我拜託司馬復醫師換一下抗生素，或請他去翻先前花米醫院的病歷，我真的懷疑司馬復醫師使用抗生素的正確性。」

鄧小華護理長覺得既然如此，可以在週四為我們安排一個由司馬復醫師主持的「家庭會議」，可以讓我及所有親屬參加，讓我們更了解醫師的照護及治療的方向。但，我有點猶豫。

我要求鄧小華護理長為我爸爸召開更高層級的「跨科聯合討論會」。

之前我有提過，我在我們醫院是個醫療小主管，我知道當醫院在發生複雜無解的棘手狀況，或可能產生一些醫療爭議時，可由醫師或護理長提出，副院長出面，找齊各科好手，共同討論這個病患的疑難雜症。這種會議甚至可以和病患家屬一同參加，一起討論病患的情況，誠心地和病患家屬一同解決病患的難題。要知道醫療的不可確定性是很多的，每位病患的情況、醫院的設備、現今的醫療技術都不同，需要考慮的也很多，所以透過這種正式會議，可以讓病患及病患家屬更了解跨科醫師們的努力與誠意——真實世界中，很多醫療狀況是「不可為」，而不是「不為」。

這是健保署十多年前就開始推出的「全人整合醫療服務方案」，幾乎每個醫院都有這種制度，希望藉由這個方法，讓單一專科醫師不再單打獨鬥，塑造醫院團隊文化，病患和家屬也能與醫師面對面討論醫療決策，提供病患更好的照護，達到降低醫療糾紛的效果。

我不知西都醫院有沒有這種機制，我懇求鄧小華護理長幫忙想想辦法。但鄧小華護理長認為由司馬復醫師召開「家庭會議」就非常足夠了。只是既然我對司馬復醫師的許多醫療處方有質疑，由司馬復醫師召開主持，又有何意義？這充其量只會是個「鬼打牆大會」。

我告訴鄧小華護理長：「我雖然只是一個區域醫院的小醫師，但我看病人非常小心的，絕對會多方思考各種可能性。我覺得我是一個專業醫師，也照顧我爸好一陣子，可否拜託轉告司馬復醫師多多考慮一下，甚至去看看之前的病歷？」

我甚至告訴鄧小華護理長：「我認為之前花米醫院對我爸爸的處理有非常大的疏失，我非常有可能提出醫療訴訟，我不希望將訴訟擴大到西都醫院。」

鄧小華護理長還是反覆回答：「司馬復醫師經驗非常豐富，西都大學附設醫院是醫學中心，內科加護病房是專門團隊，一定要有信心。」

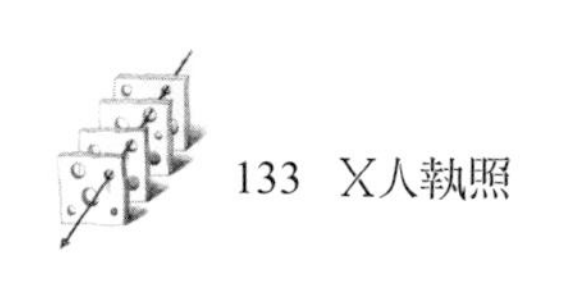

週四，司馬復醫師會為爸爸及家人召開「家庭會議」。

中午爸就做到電腦斷層了，表哥很快就告訴我結果：爸爸的肺都是肋膜積水，兩邊約三分之一的肺都泡在水裡。表哥覺得，爸爸只要抽胸水應該就會差很多，也有可能可以拿掉氣管插管。真是感謝表哥，讓我感覺好多了。

做完中午的電腦斷層，爸爸緊接著做下午的TEE（經食道超音波）。

我已經瘋狂打電話給鄧小華護理長，到自己都不大好意思的地步，我覺得效果很不好，轉而求求我的帥氣老公，希望他發揮男醫師的專業，拜託司馬醫師換一下抗生素，或抽肋膜積水。我的先生聽了我的說法，打了電話給加護病房司馬復醫師。

司馬復醫師表示：做完超音波發現爸爸的心臟瓣膜有細菌造成的贅生物，所以爸爸確診是感染性心內膜炎，已經把抗生素改回超厲害「美保平」，但爸爸的血小板太低，抽肋膜積水這件事司馬醫師還要考慮一下。

我知道爸爸改回對付綠膿桿菌最厲害的「美保平」抗生素，當然安心多了，但對司馬復醫師之前執意使用抗生素「降階治療」，及抽肋膜積水不甚積極，覺得非常不滿。還有——爸爸真的是感染性心內膜炎嗎？我真的不敢相信、也不願意相信。

在知道爸爸是綠膿桿菌感染後，我就已經去 Google 和 UptoDate（註3）查綠膿桿菌非常多次——我已經從完全搞不清楚，變成半個「綠膿桿菌」專家。

我知道：綠膿桿菌血症對於抗生素治療的選擇和時機非常重要。例如，在一項針對四百一十例綠膿桿菌血症的研究中，接受適當抗生素治療的患者的治愈率，明顯高於未接受抗生素治療的患者（六十七％比十四％）。如果一到兩天的延遲適當抗生素使用，治愈率從七十四％降低至四十六％。這代表：

一、「適當」的抗生素治療，對綠膿桿菌血症非常重要。

二、即使一至兩天的適當抗生素「延遲」使用，也會增加綠膿桿菌血的死亡率。

司馬復醫師這樣輕率地亂用抗生素，我真的非常懷疑他是感染科專家嗎？我覺得這些感染科專家，全部都令人很難相信。我爸爸已經這麼嚴重了，我非常害怕這位專家這樣亂換抗生素，會帶來什麼壞影響？

註3：UpToDate 就像醫學界的威基百科一般。由超過五千七百名醫師作者、編輯等合作而成，強調以實證為基礎的臨床醫學資源，可以透過網路取得。

第七章　巨塔

34. 鬧劇

二〇二〇年二月六日（四）　轉院第六天

今早，是鄧小華護理長特別安排，由司馬復醫師為我們家召開「家庭會議」的日子，只有老媽，大妹和我參加。畢竟一般人正常天都要上班，哥及小妹已經請太多假了。

這是寒假的最後一週，我老早就請好假，不是為了來加護病房看我爸爸；原本是要陪小孩練習羽毛球，這是孩子已經期待很久的，但新冠肺炎愈趨嚴重，寒假營隊都取消了。

我的兩個小孩繼續在家無聊看電視；爸爸生病以來，他們已經看好多電視了。新冠肺炎疫情延後兩週開學，乖乖在家不出門，應該不會得肺炎，只是之後小孩的眼睛可能會瞎掉。

我還是很不爽司馬復醫師。但知道爸爸有感染性心內膜炎，瓣膜上還有傳說中的細菌贅生物，可能要打好久的抗生素，爸爸才會好起來，我的心情非常沮喪。

我心裡不斷咒罵之前花米醫院，完全不認真診斷、治療，耽誤爸爸病情。

即使是很年輕的住院醫師都應該知道，什麼叫鑑別診斷：發燒了，血裡長細菌了，應該治療，應該找原因，這不是內科醫師的工作嗎？一個感染科的醫師博士，區域醫院的教學主任態度不好、驕傲自大就算了。胡亂使用抗生素、隨意中斷治療、趕病人出院，病人回診發

燒了也視而不見，抽血數據嚴重、血液培養都一直長細菌了，竟然完全不去找任何原因——這些不是內科醫師的基本工作嗎？我不知道這樣的醫生如何訓練自己的後進年輕醫師。

中醫強調「望、聞、問、切」：就是希望好好看看病人的樣子，仔細觀察病人神態、詳細詢問病人發生了什麼事，最後才認真幫眼前的病人下最正確的診斷、最適合的治療。

倘若治療不如預期，懷疑原本做的診斷有問題，一定要反覆循環地做「望、聞、問」的工作——這不是醫師的工作嗎？這不是醫師存在的真正目的嗎？沒有這種心的醫師要如何面對病患呢？

內科醫師不會開刀，沒有辦法乾脆的切開病人，移除病患的痛苦；但內科醫師有很多武器。現代醫學進步，各種檢查、各式影像，甚至每個器官都有分門分科的專家。這是個資訊爆炸的時代，如果病症太複雜太困難，只要有心，上網就可搜尋資料。不同於過往，現代醫療講究「實證醫學」，就是訓練醫師治療病患「有所本，有所依」而非單靠「經驗」，單憑「直覺」。區域級以上醫療院所，還有各種專責分科專家，遇到棘手或治療不如預期的病患，絕對可以會診各科醫師，只要互相詳加討論、檢視病患的實際病情，臨床數據，就可給予病患正確治療及診斷。很困難嗎？這不是現代醫療不斷訓練的基本原則嗎？

一個醫生只要不看、不聞、不聽、不管，每一個疾病，都叫困難疾病，沒有一個疾病可以被診斷出來，遑論得到正確、順利的治療。

我非常痛恨之前花米醫院所有感染科醫師的所作所為，我覺得這不只是醫療疏失、醫療傷害，甚至已經是醫療謀殺。每一個夜晚，我只要想到我的爸爸是這樣的被傷害，我的心，就狠狠被撕裂。如同我的小妹，只要想到那個夜裡，爸爸肺裡充滿液體，發酣的臉，被約束痛苦而掙扎的四肢，即使血氧掉到六十幾，所有的醫護人員也只睜眼說瞎話，跟激動的小妹說：「沒關係，這是正常的，妳太大驚小怪了！」

這是夢魘！

我們心中的痛、爸爸身上的苦。

這是真真確確發生在台灣教學醫院的事情。

我一點都不害怕要站出來，大聲跟所有人說這些事。

我爸絕對不是第一位，更不可能是最後一位這樣被無視的病患。

即使現在，我仍會為這事崩潰痛哭，跟我的小妹一樣，相信跟所有曾經被這樣漠視如敝屣的病家一模一樣。

我們的醫療制度到底出了什麼錯誤？

這是什麼樣偉大的健保胡鬧劇？

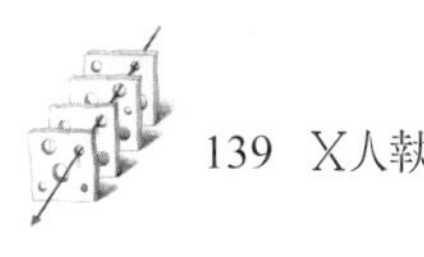

35. 神祇

大妹特地到玄天上帝廟裡，幫爸爸拜拜，祈福。

爸爸生病，對全家人而言，是非常重要的大事。家人急切的想問問神明，爸爸到底受了什麼劫難，才會受這一遭？有沒有貴人可以相助，破這一劫？

烟香繚繞、渺渺茫茫，神明對大妹的諸多疑問，擲筊，全都笑而不答。

神明只言，這是爸爸命中註定的業障，會保佑，其他，吝嗇不再多賜一句。

但，神明清楚指示可為家人出籤解惑。

大妹跪，求，跪，求；再跪，再求，再跪，再求；跪了很久，求了很久。

終於，玄天上帝竟在全家老老小小中，點出了我。

玄天上帝特別指點我：「可以說，可以做，但絕對不要急，不要衝動。」

大妹轉告我神明的旨意，我笑了笑，有點詫異。原來玄天上帝真的認識我，還蠻了解我；連神明都知道我是一個急性子的人。我的團隊同仁，也都知道我是這樣一個人，多次幫我，助我不誤事。

關於西都醫院的事，神明許我去救爸爸，但不要太急躁，才不會踰矩。

玄天上帝還特別許了我一隻事業籤。我苦笑，感謝神明在這麼危急時，不忘關心我的前途，神明真是幽默。

其實，工作事業，我一直很豁達。這是一首問事業的上吉籤，籤詩的內容是這樣的：

「自南自北自東西。欲到天涯誰作梯。遇鼠逢牛三弄笛。好將名姓榜頭題。」

竟然連神明都知道，我的工作歷涉艱難，諸事未遂，神明指點我：

「凡所謀，慎勿躁，凡事守之。之後就可百事亨通。此籤大抵始難終易。」（註1）

妹妹們千交代，萬交代，神明指示我：「做事不要急、不要躁，更不可衝動；認真想好，慢慢來，不要誤了爸爸的大事。但可以說，覺得不對的，一定要反映。」

我牢牢記住妹妹的話，也認真許諾神明，一定會小心謹慎，多加注意。

36. 醫病共享決策（SDM）

加護病房是嚴謹的單位，有很多規定是一定要遵守的：一次只能由兩個家屬會客，我們

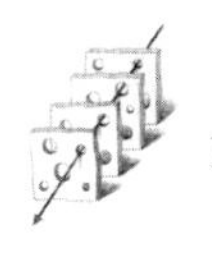

輪流探視爸爸。

昨天改了抗生素，又抽了肋膜積水，我覺得爸爸精神好很多。爸爸今天意識比較清楚，一看到我們，反應很大，都快跳起來了。我對爸爸病程有進展，非常開心。只是爸爸體力很好，一直要亂拔管子，兩隻手又被重重約束起來。我很矛盾，想看爸爸精神奕奕的樣子，卻又希望醫生給些藥物，讓爸爸睡著，不要感覺太痛苦，氧氣濃度也會好很多。

會客時鄧小華護理長忽然問我，過去是不是在高庚醫院當住院醫師？我猛然想起！鄧小華護理長是我過去在高庚兒科急診的舊識。這可是近二十年前的事啊！

「小華、小華！」我和莉莉醫師總是這樣親暱喚著這位小姑娘，那時的小華，圓圓白白胖胖的，臉頰還有一個深深的大酒窩，講起話來總是笑咪咪帶著濃得化不開的甜意，往事歷歷一下湧上心頭。我很開心，想攀點關係，希望鄧小華護理長可以多關照。但我太天真了，鄧小華護理長不只容貌和過去完全不同，她的個性也不再是我過去認識的可愛小華。

鄧小華護理長比過去瘦、黑許多，說話標準沉穩，不帶一絲感情。我的熱絡，似乎讓她

註1：這篇文章，是過了幾個月之後寫的，神明真的沒有騙我，科內陸陸續續短短時間，來了很多人手，神明更突然送了最喜歡的學姊來幫我——連院長也明著暗著助科內許多，真是感謝院長。突然讓我有很多時間，可以找資料、寫東西。有些事可能冥冥中是神明希望我去做的吧。原來，我也是個迷信的人。

有些嫌惡，我就不再自討沒趣了。

看完爸爸，就是鄧小華護理長安排，由司馬復醫師為爸爸病情特別主持的「家庭會議」，我的大妹和媽媽，也特別被要求來參加這個會議，而其他家人已經沒假可請，沒辦法參加了。

這種由醫師與病家雙方共同參與的「家庭會議」，就是衛福部與醫策會大力推行的「醫病共享決策」（Shared Decision Making，縮寫為SDM）。在會議中，醫師必須提出各種不同處置之實證資料，病方可提出個人的喜好與價值觀，**彼此交換資訊討論，共同達成最佳可行之治療選項**。這是為了**降低糾紛，促進醫病與溝通，達到病人安全目標**所召開的會議，當然非常重要。

妹妹們今早更千叮萬囑，神明交代：「做事不要急躁、不可衝動。但，可以說，覺得不對的，可以反映。」我一直點頭說好，努力切記在心。我也再三跟表哥保證：「我今天開會一定會努力保持最佳禮貌。」

37. 鬼打牆

醫生有許多不同的樣子：有的看起來像座高塔，神聖不可接近，絕對不能反駁他的至尊意見；有的比較親切，願意像凡人般，和你溝通、讓你選擇。

我當醫生很久了，得到一個奇妙的結論——我發現病患都比較喜歡第一種醫生。

一般來看病的人，都不是醫療界的，對醫學也在似懂非懂的程度，當然會相信醫師，希望由醫師來全權診斷治療；所以，有權威的醫師最好了。

病人可以將身體、生命、甚至金錢，完全交給醫生。當然醫生越大牌，越有名、講話越肯定，信賴值好像就越高。

其實，這也沒什麼特別，今天如果隨便一個法律或理財專家，只要很自信地說些什麼，我一定會相信，有誰能夠了解自己行業外的簡單知識？

我覺得司馬復醫師就是屬於前面那種醫生；我猜，這位高大冷的醫師應該不大願意開這種「家庭會議」來跟我們這些凡人說明什麼實證資料。

當然，這只是我小心眼的猜測。而且，我今天開會一定會努力保持禮貌。

小小的會議室裡，司馬復醫師非常盡力地為躺在加護病房，插著管，心臟壞掉、血液裡長滿細菌的爸爸，做了幾張精美投影片。用同樣自信專業的語調，解釋他的治療方針——其實我完全沒有辦法認真看司馬復醫師表演，因為我在頭幾張投影片中，才知道爸爸心臟瓣膜上，由細菌造成的贅生物，竟然有二公分乘以一公分那麼大。司馬醫師只有蜻蜓點水帶過這個經食道超音波的報告。

司馬復醫師還說，稍後會再協同心臟內外科醫師，跟我們解釋開刀換瓣膜的事。

我反覆用小手指比劃著，想像爸爸小小的心臟瓣膜上，有一大坨二公分乘以一公分的綠膿桿菌聚集。細菌可是非常小的東西，得用顯微鏡才看得出來，要多少細菌和髒東西才能聚集成這個尺寸？這已經完全超出我想像力的範圍。

我非常心痛，非常悔恨，想到可憐爸爸壞掉的心臟瓣膜和滿滿細菌的血液，爸爸這麼虛弱，哪有可能挨得過心臟這一刀。難道真的不能用抗生素讓細菌消失不見嗎？我對爸爸病情竟然搞到這步田地，失落到有點自暴自棄。

完全不需要神明叮嚀，我安靜得一個屁都提不出來。

還好我夠聰明、西都醫院也夠好心，可以開擴音，讓我的先生旁聽。

我先生是腎臟科醫師，是水分和電解值的專家，他好像跟司馬復醫師對水分的給予有

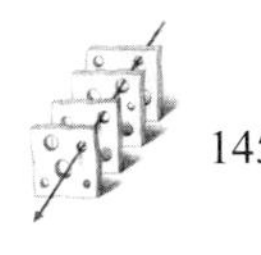

些爭執。我的先生認為過分地限水，會造成讓腎臟衰竭，他建議置入CVC（中央靜脈導管）（註2），可以較精確的評估中央靜脈壓。但司馬復醫師覺得不需要。

我不懂這些，也不想聽這些，我只想把爸爸交給專業的醫護團隊。這樣我就可以單純地當個家屬、正常地當個女兒。西都醫院這麼專業，哪需要我教？

我只是隨意提了幾個跟血鈉有關的問題，因為爸爸的血鈉，已經從入院的一四六變成一五三（註3），之前爸爸在花米醫院，甚至還低血鈉。激烈的血鈉變化，對身體，特別是頭腦，絕對不是好事：腦部細胞非常脆弱——一下泡在淡水，一下泡在鹹水，不同的張力，很容易就支離破碎。我不希望我爸身體好了，頭腦卻壞掉了。我是兒童神經科，雖然懂的不多，只特別留意這些。我也忘了司馬復醫師如何回答？好像只是說他都有注意。

註2：中央靜脈導管（central venous catheter，縮寫為CVC）屬於血管內管的一種，放置於大靜脈中。可用於：測量中央靜脈壓，用以評估循環生理參數，以及估計體液多寡。大量而快速的靜脈輸液，常出現在失血量可能較大的手術，或者是急救時維持血壓等等。

註3：高鈉血症，是描述患者血液中的鈉離子濃度過高的狀態。嚴重時病患會出現意識不清、肌肉痙攣及腦部本身或周圍出血的情形。一般人正常的血清鈉濃度應在一三五至一四五 mmol/L（一三五至一四五 mEq/L）之間，而高鈉血症則通常定義為血清鈉濃度超過一四五 mmol/L。嚴重的高血鈉一般則是血清鈉濃度超過一六〇 mmol/L。

司馬復醫師上完課，還隨口問了我媽，有沒有什麼問題？

媽媽只是誠實、無力地說：「我什麼都聽不懂？我全部都聽不懂！」

「拜託醫生，拜託！拜託！」

其實，我都聽不大懂了，更不用說這個七十幾歲的老太太。

老媽個性一向強勢，現在卻虛弱得像個快要消風的充氣娃娃，皺巴巴的，完全失去過去和我吵架時的狠樣。我相信老媽不懂的不只是司馬復醫師的教學。老媽應該完全不懂，更不知道發生什麼事了。

媽媽不斷說：「不是都來醫院了嗎？怎麼心臟也會壞掉？還要開刀？這麼瘦，怎麼挨得起這刀？」

不只老媽，我也完全不懂，怎麼會變成這樣？

我不知道醫院特別囑咐我的家人來醫院開這個會要做什麼？我覺得，這個美其名的「家庭會議」，根本是專為司馬復醫師安排的個人秀，只是個「鬼打牆大會」。反正，大醫院的主治醫師說什麼，我們就要聽什麼，主治醫師要做什麼，病患就得接受什麼。哪可能有什麼「尊重病方」更不可能有任何「雙向溝通」。

一般人全都不懂，只會傻傻說：「好好好」、「拜託醫生！」、「謝謝醫生！」

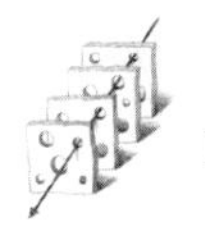

即使提出疑問，醫院只是無限循環：「交給我們團隊就好了，不用擔心。」
原來，這個衛生福利部大力宣導的「醫病共享決策」，真是個天大的笑話！
西都醫學中心冠冕堂皇地在醫院官網大大宣稱：非常重視「醫病共享決策平台」。
鼓勵病患：「問問題，說考量，做決定。」
在我眼裡，真是一個大謊言！大諷刺！

38. 價值

今晚，我特別沉默。
在家，我常常是最嘰哩呱啦的那個人，連小孩都會叫我控制我的音量。
今天，我沒辦法談論任何事，爸爸病情的發展，已經令我絕望到谷底。
我認了，該把爸爸完全交給這個傳說中的最佳團隊，他們應該比我行很多，我畢竟只是個小區域醫院的兒科醫師。雖然，我很痛恨之前抗生素的「降階治療」。我完全認為這是錯的，我非常懷疑會不會對之後造成任何影響？

我告訴我先生，我決定不要再干涉任何醫療。

這次倒是我的先生提出了質疑：「妳今天早上，有認真聽司馬復醫師說什麼嗎？」

我搖頭，誠實地說：「沒有，我都在發呆跟自暴自棄。」

這回，我少話的先生，倒是開口了：「我覺得怪怪的，你真的沒有聽司馬復醫師說什麼嗎？」

他的疑問，引起了我的好奇，讓我開始思考。

這位腎臟醫師接著說：「我覺得他水分給法有點問題，所以，我請司馬復醫師考慮會一下腎臟科。」我抬起頭繼續認真聽家裡的腎臟專家說。

「司馬復醫師說：『我們當然有會診腎臟科醫師，腎臟科當然建議多給點水分。可是，我是病患的主治醫師，才能綜觀的看一個病人。所以，我決定限水。病人的腎臟壞掉沒有關係，洗腎就可以了。』」

我傻傻地問：「腎臟壞掉不是洗腎就可以了嗎？」

我先生不以為然地說：「當然不是，當醫師的人，一定要盡力保護病人的每一個器官，怎麼可以輕率地說『病人腎臟壞掉沒有關係』，如果還沒壞掉，就要盡量保護它。」

「洗腎當然很有關係。」

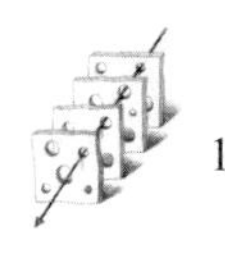

我突然驚醒！

是啊，對一個醫生而言，如果「腎臟壞掉」不過是件簡單的事，洗腎就好了。可以想像這個病患，在醫師心裡的價值。

我徹夜未眠。

想到表哥的無心提議，決定去西都醫院更換主治醫師。

39. 總機小姐

二〇二〇年二月七日（五） 轉院第七天

我一大早就醒了，向所有家人宣布要去西都醫院更換主治醫師的決定。

其實，今天科內有一個很重要的新生兒急救課程，特別拜託高庚醫院主治醫師來教學。我當主任以來，推動了一項很重要的事，就是運用TRM（見第一章註解），建立新生兒急救團隊。科內已經推行三、四年了，完全沒有中斷。我們全科無論是醫師或是護理同仁，都非常支持這個團隊。

TRM 的核心就是：領導，溝通，守望，相助。

我是 TRM 的講師，常常在院內外分享建立 TRM 團隊的經驗。我們非常努力實踐，不只為了參加院內競賽，也不是為了評鑑要求——我們全科都知道，維護新生兒的安全非常重要，這絕不是口號。我們全科都是非常認真在執行這件事。

雖然新冠肺炎疫情暫停很多大型會議，但這是可以增進科內技能的小型課程，我和護理長討論了很久，決定如期舉行，大家保持安全距離就可以。一早，我就告訴同伴們不去參加，雖然對高庚的張醫師非常失禮。

爸爸只有一個，我一定要去救他。

我一早就開車出門，很快就到西都醫院附近，離早上十點半的會客時間還很久。我將車停到路邊停車格，先打電話給鄧小華護理長，告知她我想更換主治醫師，讓她有心理準備。

鄧小華護理長覺得非常不可思議。和之前一樣，她覺得司馬復醫師醫術很好，加護病房團隊非常值得信賴。

我誠實地說：「我非常不相信司馬復醫師。我不希望發生醫療糾紛，甚至演變為醫療訴訟。」

我更坦白告訴她：「既然我爸是心內膜炎，可不可以隨便找個藉口，就說，家屬希望由

心臟科來照護？」

無論我說了什麼，鄧小華護理長每次、每次都是回答：「司馬復醫師醫術非常好，加護病房團隊非常值得信賴。」

我又急又不爽，不客氣地告訴鄧小華護理長：「我是區域醫院的主管，我是做 TRM 的，病人安全對醫院非常重要，當個護理長，不能像一個總機小姐一樣，要想辦法解決病患的問題。」

鄧小華護理長當然否認她是個總機小姐，只覺得我在瞎說，我還知道她之前跟我妹抱怨我很躁。鄧小華護理長繼續不斷重覆回答她認定的標準答案。

掛上電話，我真的覺得非常痛苦與無助。

我忽然想到爸的舊識。

爸的老朋友們最近打了很多次電話來關心爸爸和媽媽，也許可以拜託他們幫忙。

荒亂中我找到一位過去在西都醫院工作的女士；這個長輩語氣非常明理、慈祥，很能讓人信賴的樣子。大概因為過去擔任主管職的工作吧？雖然不認識這位女士，但我把爸住院以來受的委屈、痛苦，花米醫院的拖延，還有對西都醫院的不滿，一股腦零碎說給這位長輩聽，我不斷拜託這位長輩可否幫忙，協助我爸爸更換主治醫師，我真的沒辦法接受這位醫師的處置。我越說越急，越說越氣，終於不爭氣地哭了起來。這位長輩很盡力地溫柔安撫我，她告訴我會打電話過去瞭解看看，並好心提醒我：「西都醫院加護病房更換主治醫師，不是這麼容易的事。」

爸爸的老朋友W教授知道我在找他，也回電予我，這位教授為難的告訴我，他已經退休很多年了，也許，已經沒有什麼影響力來幫忙我了。

是啊……人在……情在；人不在……情．當．消．散……。

我還是誠摯地謝謝W教授，掛上了電話。忍不住在車上放聲大哭了起來。

40. 緹縈

我在車上大哭了起來，哭了好久，像個五歲小孩。我已經好久沒有這樣痛哭了。

媽媽說我出生的第一聲啼哭，就又大又響，嘴張得老大。所有來訪的親戚，一致認同我長得非常醜、還有滿頭怪頭髮，更幫我取了醜八怪之類的綽號。外婆來到醫院知道是女娃

後，沒抱過我、一臉沉默，丟下一床祝賀的棉被給產後虛弱的媽媽，轉身就走了。

媽媽一直不喜歡我，除了外婆的因素、長得醜，還有，我實在太會哭了——歇斯底里地哭、無理取鬧地哭、沒來沒由地哭。我的聲音低啞，大概也是這個原故。

這幾年長大了，遇到太多風雨、難過的事，頂多是輕聲啜泣，我已經很久沒有這樣放聲大哭了。

我不知道讓我這樣崩潰放聲大哭的理由——是爸爸的重病、我的沒有能力、抑或是世態炎涼的悲哀。

哭夠了，抹去滿臉的淚。

我的臉很熱，但心很涼。胸口湧溢的，大概是緹縈救父的悲壯。

只是，我清楚知道，爸爸不一定回得來了……。

沒人理我，那就自己來吧。

十點，時間快到了，我得堅強。

新冠肺炎疫情持續漫延，醫院探病再不是什麼容易的事情：戴口罩，隨車排隊，量額溫，好幾個步驟，才把車停到西都醫院停車場。我勇邁大步，往第二加護病房走去。

「爸爸，我來了！」。我絕不會允許這位醫師，用什麼微觀加綜觀的爛理由，恣意對你上下其手。

「爸爸，我一定會努力救你的！」我相信，如果有天溺水，爸爸一定也會奮不顧身躍入，救全家，爸爸不會記得自己泳技不佳的事實……。

十點半。加護病房準時打開，一秒也不會提早，洗手，換衣服。

我像荊軻般，直直走向鄧小華護理長，果決地說：「我要換主治醫師。」

我誠摯清楚地告訴她：「我的爸爸得了嚴重的感染性心內膜炎，我希望由心臟科主治醫師照顧他。」

我恨透了這群感染科醫師，我覺得這些西都醫院訓練出來的感染科醫師，全部都有問題，全部都是共犯結構。換成和感染性心內膜炎有關的心臟科醫師，只是給彼此有台階下，我覺得我是個厚道的人，已經體貼地幫司馬復醫師想好藉口。

其實我完全不知道心臟科醫師有沒有比較好，我也沒有認識任何一位西都醫院的心臟科醫師；只是我覺得花米醫院的盧醫師人很好，醫術更是高明，是我喜歡的那種醫師。更換主治醫師，只是個賭注，我已經豁出去了。反正爸爸現在的局勢，已經是最最險惡了。

鄧小華護理長一派優雅，氣定神閒，沉靜地重複之前一直對我說的話：「妳放心，我們的團隊非常優秀，和妳們區域醫院不一樣，你要相信我們的專業團隊。」她的語調標準、寒

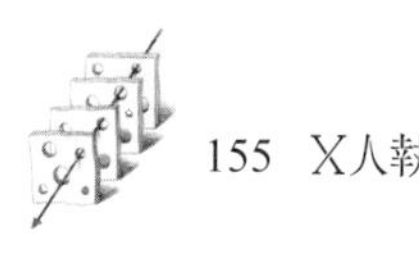

涼。恍惚間，我開始搜索過去，在高庚醫院兒科急診的點點滴滴……。我一直問自己，是否曾經做過什麼十惡不赦的事，惹得眼前這位舊識，這麼想報復我？

但這是醫療的事，有關生命的事，兩者之間沒有，也不應該存在任何關係。

我非常懷疑，把她的頭扭下來，會發現一堆電線，這個護理長可能是個機器人，像Siri一樣，只會重覆一些不失禮貌的敷衍回應。整個加護病房的人，一定覺得我是個無賴吧——似乎他們都對著我品頭論足了起來，打算看一齣好戲——包括那個高冷的司馬復醫師。

我有點無法控制想衝上前去，ㄇㄠ他兩拳的欲望。

嘗試罵他「趕—羚—羊！」的快感。

但，我知道我不能這樣做。

我昨天再次研讀《醫療爭議處理參考手冊》，一定要努力避免觸犯傷害罪或毀謗罪。

我要鎮定，我是個有身分地位的人。我不斷忍耐著，畢竟人在屋簷下。

我非常誠懇認真地再次告訴這個護理長：「我覺得醫病關係，首在信任，沒了信任，之後很容易有醫療糾紛，我要救的是我爸，我不希望有不好的事情發生。」

我甚至明白地告訴護理長，我非常想去打司馬復醫師。

鄧小華護理長繼續專業、和氣地對我說：「我們西都大學附設醫院是醫學中心，加護病房的醫生都非常優秀，很少人在更換主治醫師的。如果妳一定要更換主治醫師，也可以，妳可以去掛下午門診，問問心臟科哪個主治醫師願意接手照顧妳爸爸？只要醫師願意，我們馬上幫妳更換主治醫師。」

她甚至有點挑釁地說：「妳不是有認識醫生嗎？妳可以問問看誰比較適合照顧妳爸爸。」

我已經確定了，這個護理長真的只是個總機小姐。

她不知道，我，已經，握緊─我．的．拳．頭。

她完全忘記護理長應該有的神聖職責。

這時有個護理人員站在我身旁，我嘆口氣，無力地問她說：「我的父親是西都大學的退休教授，是否要逼我去院長室，敲院長的門？妳們院長室在哪裡？」

我想讓他知道，我不是開玩笑的，我非常認真。

這位護理人員竟然聳聳肩，淡漠回答我：「去啊！反正院長室的人只會敷衍妳的，妳又不是不知道。」

我不禁莞爾一笑，是啊！是我搞錯了。

我從頭到尾都錯了。

畢竟這些都是「公立醫院」、「公家機關」。

「官啊……」

我曾經在報紙上，看到病人家屬猛幹著打醫生、抬棺材、撒冥紙的蠢事。

今天，我終於知道是為什麼了。

那是錐心刺骨的**無力與痛**。

冤屈啊！

猛然抬頭，我看到加護病房牆上貼有「**TeamSTEEPS**」（註**4**）的宣傳海報。

這些掛畫，已經褪色斑駁，真的是明日黃花。

我想，可能西都醫院這個響噹噹的醫學中心招牌，推行以「病人安全為中心」的精神，只是宣傳口號、評鑑遊戲，更只是個笑話。原來大家都心知肚明，只有我一個人認真而已。

有個專科護理師，在一旁看著我們沒結論地吵著，前來關心問候。

一看她來，鄧小華護理長鬆口氣般，說要忙去開會，丟下我，然後消失。

註4：TeamSTEEP，見第二章註解，即TRM的美國爸爸，而TRM可見第一章註解。

這位專師，後來很好心地，幫我找了接下來的主治醫師。這個醫師，是個心臟科醫師，我過去從來不認識他。我非常感謝他，在爸爸這麼困難的時候，願意拔刀相助，我佩服這位醫師的膽量和承擔。

我很慶幸，醫療的白色巨塔，不會永遠讓我失望。我們與惡的距離，往往只是一線之隔。

那位專科護理師叫黃素娥。我非常感激她。如果發生在穿古裝的年代，我應該會立即跪下來對這位恩人叩首再三。我沒有在醫院親自謝謝過她。但我希望她知道我的感激。而且，她成功阻止了一個可能發生的醫院暴力。

非常謝謝她～後來，我去查了護理長的工作職責：大醫院的護理長不用負責臨床照護病人工作，因為護理長很重要，有更神聖的使命。

護理長不是低階機器人。

不要告訴我「護理不能干涉醫療」。護理部有督導，正、副主任等多種人才，還有各式流程管道資源，都是可以協助處理「醫療爭議」的幫手；西都醫院是醫學中心，沒有嗎？視而不見而已。

有些人的個性、行為，不配做一個單位護理長。主管單位必須三思。

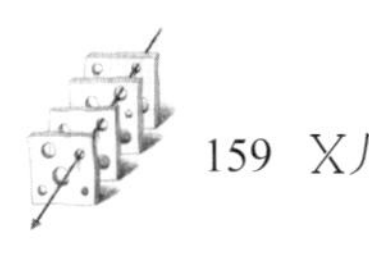

台灣護理管理學會，曾整理出中高階管理護理師應具備的核心能力，同時列出護理長之職責應包含（僅摘取相關部分）：

A.危機管理：

一、熟悉各項危機事件之應變處理流程。

二、及早察覺意外事件傾向，運用支援系統，遏止突發或危機事件之發生。

三、即時處理及呈報異常事件，並檢討及進行改善方案，以預防再次發生。

B.溝通協調：

一、有效處理病人及家屬的抱怨事件。

二、適當處理醫護、醫病及護病間之衝突。

三、運用正確溝通管道，尋求資源，有效解決問題。

四、建立良好溝通互動模式。

即：當重大醫療爭議事件發生時，護理長須協調運用正確溝通管道，尋求資源，有效解決問題。

第八章　提示

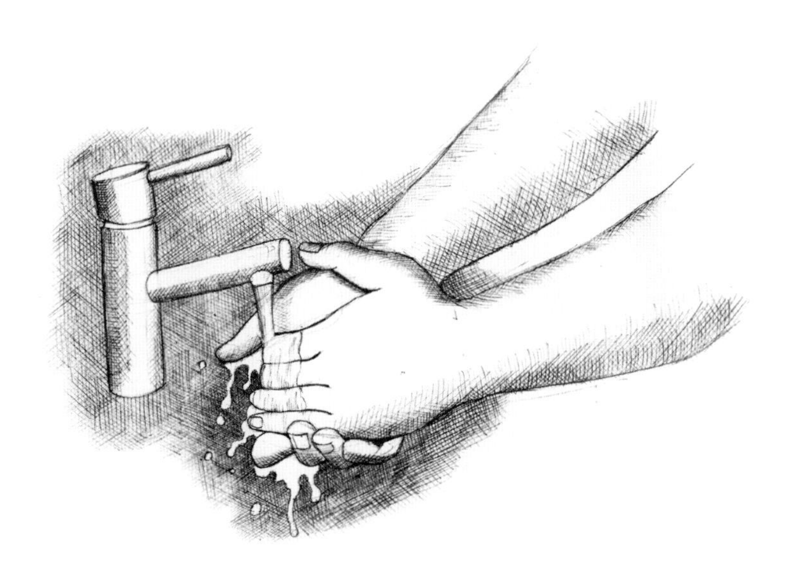

41. 洗手

爸爸的新主治醫師，是心臟內科的陳醫師，陳醫師的大幅全身照，大咧咧地放在加護病房入口走道，親切地提醒大家勤洗手，應該是個愛乾淨的醫師。

「洗手」真的非常非常重要。現在大家都知道，吃飯前要洗手，開刀前當然更要洗手。最近新冠肺炎疫情，大家進入醫院還要大費周章地戴口罩，量額溫，噴酒精，插健保卡，調查有沒有從危險的地方來。更不用說醫院規定單一入出口，關掉地下停車場……五花八門，一堆步驟。非常嚴謹，非常注重衛生的樣子。

其實，醫生過去才不重視這些。說個故事吧：

過去有一位叫伊格納茲・塞麥爾維斯（Ignaz Semmelweis）的匈牙利醫生。我想他一定是一位細心，敏感的強者。他發現：一位厲害的醫科學生和另一位中年歐巴桑，兩者管理的產房有一個很奇怪的不同。

在一八四七年，由高級醫學院學生監督的產房，每一千次接生有九八・四個死亡的個案；而另一個由中年歐巴桑操作的產房，一千次接生中竟只有三六・二個死亡個案。

大家覺得很奇怪，推測可能因為這些值得讓人信賴的醫科生「比較粗魯」一點，所以產

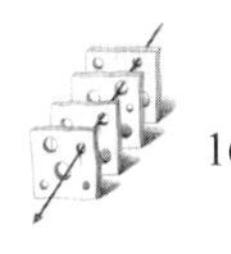

婦死亡率比較高。

但聰明的塞麥爾維斯醫師提出不同的看法，認為「一定要在產房內實行洗手」制度，來降低這些可憐媽媽的死亡率。要知道，媽媽要是細菌感染產褥熱死掉，小寶寶就會沒有媽媽，非常可憐，十九世紀的醫院甚至被稱為「死亡之屋」（Death House）。

附帶一提，第一個抗生素盤尼西林，是一九二八年由弗萊明偶然發現的。一八四七年是抗生素還沒發明的年代，被充滿細菌、骯髒的手感染產褥熱的媽媽們，沒有抗生素治療，等於要去「死」的意思。

現在，我們聽到「術前洗手」被認為是很理所當然的建議。

但，愛乾淨，提倡洗手，可憐的塞麥爾維斯醫師卻失敗了，而且還被主流的產科醫師批評、嘲笑、排擠，甚至後來被關進瘋人院。更諷刺的是，塞麥爾維斯醫師，因為逃跑被毒打，被關進伸手不見五指的小屋……兩週後因為沒有抗生素治療，塞麥爾維斯醫師孤獨死於嚴重感染和敗血症。

到後來，他被稱為「媽媽們的救星」。

我想對這樣了不起的人，不需要這些。

塞麥爾維斯希望的，只是用簡單的行為改變這些錯誤：「一定要在產房內實行洗手」。

然而一直到一八八〇年代，殺菌劑洗手才成為產房的慣例。

甚至，第一個證明三氯甲烷（俗稱氯仿）對人體有麻醉作用的婦產科醫生詹姆斯．Y．辛普森（一八一一～一八七〇）更明白嚴厲指出：「如果交叉感染不能得到控制的話，醫院就應該定期拆毀重建。」

這個故事讓我們發現幾件事：

一、細菌感染，沒有正確抗生素治療是會死的。

二、沒有好好控制院內感染的醫院，是應該拆掉重建的，更不用說沒有好好注重衛生的醫生。

三、許多看起來聰明的醫生，在遇到問題的時候，只會忙著反對別人，或把問題蓋起來，假裝沒有發生；而不動動頭腦，好好去反省這些事是不是錯誤？有沒有改善的空間？非常悲哀。

後來我終於連絡上花米醫院的盧醫師，盧醫師對陳醫師讚不絕口，誇獎陳醫師是個盡心盡力的好醫師，希望我不用再太擔心。感謝爸爸在最艱難的時刻，還可以遇到這兩位仁醫。

陳醫師比我還年輕些，說話非常有條理，思緒清楚且客氣。他說有聽過爸爸之前發生的事，答應會小心照顧爸爸的。我一樣拜託陳醫師，希望他儘量幫忙。

我非常明白，爸爸的情況非常不好，我不是期待換一個主治醫師，爸爸就能起死回生，我只是希望，能夠讓一個真正關心病患的人，來照顧爸爸。醫學有其極限，也有其不可預測性，這些我都非常明白、清楚的。我行醫已經二十多年了，我不是一個無理取鬧的人。我非常非常感激陳醫師願意在爸爸艱難的時刻，頂下這個爛攤子；我知道，對醫界而言，這是非常不容易的。

陳醫師仍要我們全家同心臟外科醫師，討論開刀換瓣膜的事。

42. 兩難

二〇二〇年二月九日（日） 轉院第九天

今天是假日，陳醫師希望我們全家都參與這個會議，儘快決定是否讓爸爸開刀。我們全家只有在週日才湊得齊，真是為難陳醫師假日還要來上班。新冠肺炎的疫情已經逐漸升溫，連西都醫院的地下停車場都關閉了。現在進出醫院非常麻煩，很多通道都關閉了。

會議一開始，陳醫師很詳盡跟我們解釋爸爸病情，與其說這個會是為我們全家開的，不如說是為我而開的。陳醫師很努力對我解釋爸爸的病情，但實在用了太多英文，我非常擔心我的家人聽不懂。其實陳醫師說的，我大部分都查過醫院的「圖書館電子資料查詢系統」。陳醫師建議我們快點決定開刀，置換長滿細菌的爛掉瓣膜，更找來了心臟外科專家。

心臟外科總醫師表示：爸爸是感染性心內膜炎，除了抗生素治療，心臟外科的工作就是開胸、置換瓣膜。但這包含一連串困難、繁複的評估檢查與手術。

在開胸前，必需先經由心導管檢查（註1），評估爸爸冠狀動脈的阻塞程度，而心導管檢查，一定要打顯影劑。爸爸的腎臟功能不好，有可能無法承受顯影劑，我們必須接受爸爸將來腎臟壞掉，終生洗腎的可能。心臟外科醫師提醒我們，之前爸爸曾做過頸部超音波，綜合爸爸的年紀及頸部血管狹窄的程度，醫師評估，爸爸一定有冠狀動脈阻塞的情形。

為解除冠狀動脈組塞，需要做冠狀動脈的繞道手術，手術方法是先從小腿，取下一條隱靜脈，再開胸進行冠狀動脈繞道手術，兩者都成功後才能執行瓣膜置換。

簡短地說：就是，

一、先做心導管。（因為要打顯影劑，顯影劑對腎臟的負擔很大，打完顯影劑，爸爸就可能

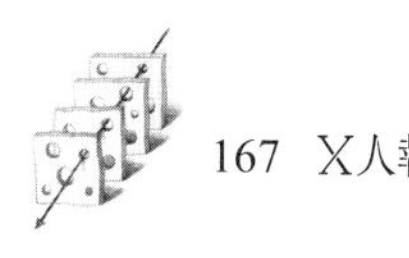

永久洗腎。）

二、從小腿取下幾條沒啥用的隱靜脈。（聽起來很痛，卻是其中最簡單的一項。）

三、開胸將心臟停下來，利用體外循環機，把阻塞的冠狀動脈換掉。

四、把心臟打開，將爛掉、充滿綠膿桿菌的瓣膜換個新鮮貨。（當然，術中細菌碎片就可能噴得到處是，爸爸可能會腦中風，想必也很危險。）

五、最後，爸一輩子可能需要抗凝劑。

六、……。

心臟外科醫師還拿出了一份我沒有看過的：單獨二尖瓣脫垂手術，瓣膜置換風險評估表，醫生說，輸入我爸的所有臨床數據，就可以知道，單就瓣膜置換方面（也就是單純評估第四點）：死亡率有一四％，將來要洗腎有二一．六％，爸爸沒有辦法脫離呼吸器有三九％，術後長期臥床則有四八％。

註1：心導管檢查是利用導管經由大腿股動脈將導管伸入心臟的冠狀動脈內，然後注射顯影劑，再利用X光來檢視心臟血管血流狀況、病變位置及嚴重程度——心導管檢查是目前診斷冠狀動脈疾病最準確的方法。

聽起來一點也不樂觀。

家人分成兩派意見：一邊是積極的衝衝衝開刀派；一邊是消極的抗生素等等派。

哥和小妹認為，爸爸的瓣膜就像老化的門，一直開合，上面又有一大塊石頭，不知道門何時會被扯斷，也不知道門何時會被石頭拉壞──門壞了，爸爸就變天使了；要沒了那塊石頭，選擇就多一些，風險就少很多。但這塊討厭的大石頭，隨時可能崩裂噴出，噴到哪就塞到哪，爸爸隨時有中風等等的危機。哥非常積極，不斷提出許多醫療建議：不論是轉院到台北、換心、人工心臟等等，許多都是我聽都沒聽過的選擇。

哥甚至提出，可以賣掉房子，幫爸爸多盡份力。

媽和我則是消極抗生素等等派：我相信生死有命，富貴在天的道理，凡事不需強求，爸爸那麼老了，這些手術聽起來就很複雜，而且成功機率實在渺茫。媽媽則只是希望爸爸養胖一點，再來考慮開刀。媽媽一直抱怨爸爸只剩下五十公斤，爸爸原本可是胖胖的⋯⋯。反正從頭到尾，我都把希望放在抗生素上，畢盡我只是個沒用的小兒科醫師。我還去查過書，某些情況下，老年人的感染性心內膜炎，單獨使用抗生素和合併開刀的效果差不多。

若以多數決的話，大妹持有最後一票，但大妹選擇站在中間，非常沒有膽識。

我認為哥哥是長子，又是獨子，有他與生俱來的宿命，一票抵十票。哥哥卻遲遲不願真正表態。（後來，我覺得我這樣很不好……。）

但，我們四個兄妹一致同意：媽媽才是關鍵中的關鍵，只有媽的決定，才能代表爸爸的心意。表哥覺得我們很糟糕，把一切丟給一個手足無措的老太太。

不論哪一派都猶豫躊躇著舉棋不定。

我們站在天平的兩端，沒有人知道哪個選擇對爸爸最好。

43. 蟄伏

二〇二〇年二月十日（一）　轉院第十天

陳醫師對我們非常好，每天都會詳細跟我們解釋爸爸的病情，不厭其煩、一次又一次。也願意給我們爸爸的所有報告。我們希望爸爸的營養好一點，陳醫師也為爸爸精心調配了營養灌食和自費白蛋白。

爸爸的氣色、皮膚都越來越好。爸爸睡睡醒醒，醒醒睡睡，只要看到媽媽，情緒都非常激動。媽媽一直是爸爸的公主寶貝，爸爸一直覺得媽媽有數不盡的好。人說：「少年夫妻老來伴。」媽媽雖然很兇，過去爸爸每次跟我說到媽媽，總是喜孜孜的。爸爸生病了，丟下媽媽沒人照顧，最愛她的爸爸心裡一定非常擔心。

只是，永遠有不好的消息──血液培養再度開始長綠膿桿菌。

二月三、四、五日，這三天是司馬復大醫師執意抗生素「降階治療」的日子。原本在超厲害抗生素「**美保平**」好好控制下，血液中的綠膿桿菌已稍受壓制，不再生長。但在隨意更換回使用好久，沒什麼效用的抗生素「**復達欣**」三天後，血液培養又開始狂長綠膿桿菌──我已經不大想解釋這之間有什麼關聯性。

更可怕的是這隻狡詐的綠膿桿菌，只是兩三天的蟄伏，就迫不及待羽化成大鳴大放的「超級細菌──**CRPA**」（註**2**）。

當陳醫師對我解釋這個血液培養報告時，臉上充滿尷尬。

現在，所有檯面上的抗生素，已經都沒什麼效用了……。

使用的，全都是一些傷腎，傷腦，傷身體的陌生藥物。

我抱怨這位感染科專家司馬復醫師的自作聰明。

原來，這就是醫學中心的醫療水準？

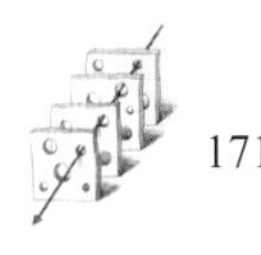

回家，我特別翻出了《絕命終結站》這部電影：再怎麼逃，也逃不過死神（註3）。原來現實世界真有這種事——

我腦海更不斷浮現壓抑著憤怒語調的Sue媽媽，還有可憐的小寶寶Cal。原來，令我們驕傲的台灣醫療奇蹟，也會發生這種怪事。我想到屬於我爸的「瑞士起司」：洞洞相串、串串相連、密密麻麻，終至變成火車隧道般的大山洞。原來，調查報告不是騙人的——

醫療疏失，真的是造成意外死亡的第一名。

醫院真是個危險的地方。

此刻，我是個非常憤怒的女人。

非常憤怒的女人，是非常、非常可怕的。

註2：超級細菌（superbugs）就是擁有「多重性抗藥性」的細菌，通常定義上是對三種或三種以上的抗生素有抗藥性。

註3：《絕命終結站》（Final Destination，中國大陸譯《死神來了》）是一部二〇〇〇年上映的超自然恐怖電影，評論家稱讚電影「無數的懸念」以及劇情方面「讓觀眾無法推測接下來的事情」。故事敘述，只要被死神盯上，倖存者就會如貓抓老鼠般地被無限追殺，死神絕對玩到你死。

二〇二〇年二月十一日（二）　轉院第十一天

花米醫院終於回覆我投訴院長信箱的問題了，我已經忘了這件事。

算一算，已超過五個工作天。C社工問我要不要跟他們開個協調會？因為我現在非常忙，不想做沒用多餘的事。C社工說：「主治醫師們都非常照顧您的父親，會了很多醫師，病歷上也都有記載。」

這封回函也挺GY的，也是我會寫這本小說原因之一。

我把這張回函Line給我的小妹看，小妹很生氣，覺得花米醫院完全避重就輕。我安撫了小妹，拜託大妹一定要快速去花米醫院，把爸爸全部的病歷完完整整調回來。

好吧！我一定會把爸爸的病歷找來好好瞧一瞧。

不要忘了，我可是個非常憤怒的可怕女人。

二〇二〇年二月十二日（三）　轉院第十二天

我們全家，一直優柔寡斷沒有辦法決定要不要開刀，陳醫師不停催促我們。陳醫師非常盡責；我想，如果我是主治醫師，也會做差不多的事。

陳醫師說：若不開刀，爸爸心臟瓣膜上的細菌結塊，可能隨時會噴出；不只如此，爸爸

脆弱的心臟，隨時有立即終止的可能，我們一定要有心理準備。

新冠肺炎疫情已在中國造成大量傷病甚至死亡，活動會議幾乎全都停擺，連全國性的醫院評鑑也宣布暫停一年。不用開這些會，我清閒許多。

今天，我有一個非常重要的任務，就是要帶媽媽去找心臟外科醫師。

我們先在十點半的會客時間去看爸爸，爸爸今天看起來比較清醒，我突然想起來，怎麼不問問爸爸？由爸爸決定自己要不要開刀。

爸爸有重聽，我在爸爸耳邊大聲喊著：「爸，你的心臟有長細菌，你要不要開刀？」

我只看到爸爸扭來扭去，完全無法判斷爸爸是否知道我在說什麼。叫爸爸自己決定這件事有點殘忍，看來不大可能。我又忽然想到，我們還不知道爸爸的提款卡密碼，就學電視那樣，數一、二、三……的問爸爸，問了很久，只得到一個八之類的號碼？

原來，影集都騙人——插著管，根本很難溝通。

媽媽果真和我是不同世界的人，看到爸爸，就一直心疼爸爸變得很瘦，腳都沒肌肉了。一下幫爸爸擦乳液、一下幫爸爸貼溫灸，媽媽的手又很笨，我很怕爸爸灼傷，但媽媽完全沒有要停下來的意思。

會客後，媽媽看起來非常疲累，媽媽真的老了，直嚷著要回家，不要找心臟外科了。

媽媽一直在逃避現實。

心臟外科G醫師，現在正在馬路對面的大樓看門診。原本兩棟大樓間，有一個很便利的空橋，但因應肺炎疫情，所有通道都封了。我只好借一張輪椅，推著媽媽，穿過車水馬龍的大馬路，千山萬水地拜訪心臟外科G醫師。

這個心臟外科G醫師對爸爸的情況非常清楚，他應該仔細研究過爸爸的病例。醫師很清楚地告訴我和媽媽，爸爸的年紀很大了，腎臟功能也不好，現在氣管還插著管。不過，G醫師對自己的技術非常有信心，可以好好執行冠狀動脈繞道手術和瓣膜置換。只是爸爸術後除了要面對插管、洗腎的問題外，最重要的，是爸爸血裡滿滿多重抗藥性的綠膿桿菌。即使開刀成功了，這些無法控制的細菌，還會在新換的瓣膜繼續亂長；而且，血液中的抗藥性綠膿桿菌，永遠沒有辦法被抗生素消除。

G醫師希望我們考慮清楚。

媽媽聽完G醫師的解釋，臉更沉了，啞聲哭嚷著不要開刀了。

媽媽非常無助，完全不知道發生什麼事？也完全不知道能幫什麼忙？只能每天買一疊又一疊的金紙，大燒特燒。然後一遍遍抄著佛經，還要我們在爸爸耳邊狂念「消災延壽藥師佛」，固執著祈求神明，幫爸爸去災延命。

44. 傲慢

在決定不為爸爸開刀後，我非常清楚知道，醫師可以為爸爸做的，已經不多了。幾乎所有抗生素對這隻可惡的綠膿桿菌，都束手無策。

感染科醫師這下可真正厲害了，可以完全發揮專長，恣意暢快打從來沒用過的抗生素。不知道是不是很好玩？省多少錢？我知道在這個狀況下端出的抗生素，只是亂槍打鳥罷了。

陳醫師很小心，每次總詳細告訴我感控專家又根據哪個新的血液培養報告，打了哪些綜合方的抗生素。反正聽起來效果就是不好，更殘酷地附送爸爸傷腎、傷腦、傷身體的爛禮物。

這些抗生素專家還幫爸爸選了一個稀奇的老古董抗生素，這個蹩腳武器，曾用來對付「伊莉莎白」細菌。這個爛傢伙竟然跟英國女王同名！想必非常時尚。但我的爸爸是非常純樸的人，我們完全不稀罕這種特別。對於爸爸用什麼抗生素，我已經完全不想聽，也不想知道——我只想好好做一個家屬，簡單做一個女兒，誰想干涉這些高檔醫療。

爸爸那長滿細菌髒東西、沒有功能的瓣膜，讓打出左心室的血大多逆流，血流輸送不出，心臟就本能地更用力，結果造成心臟衰竭，因而必須更嚴苛限水。缺少水的情況下，腎臟功能當然變差，人體每個器官都是環環相扣的——爸爸必須洗腎。

爸爸原本就站在危險的懸崖上，自作聰明亂用抗生素「降階治療」結果，如同把爸爸一腳狠狠踢到山谷下，讓爸爸連開刀的最後一線機會都沒有了。

中國有一句話，叫「藥石罔效」：「藥」就是內科的抗生素治療，「石」則是外科手術的一把刀；內科、外科都沒救了，爸爸如風中之燭。

教科書上不斷提醒我們：錯誤使用抗生素，會造成嚴重抗藥性。綠膿桿菌更是專精突變的高手。過去我似懂非懂，現在，就在眼前活生生上演。像齣悲壯的戰爭史詩巨作，只是爸爸注定是戰敗的一方。

真是了不起啊！這些感染科專家。

讓我終於知道什麼是比悲傷更悲傷的故事。

加護病房內，我常可以看見那位司馬復醫師，抬頭挺胸，神氣得意地對隔壁床家屬解釋病情。我真的很想湊上去，聽聽他在唬爛些什麼瘋話。

我仍清楚記得剛進加護病房時，這位司馬醫生神氣大聲說的那些鬼話：

「在我們治療下已經好多了，這週可能可以嘗試拔管了。」（才怪，整個肋膜都積水了，沒看到X光嗎？不會看嗎？瞎了嗎？）

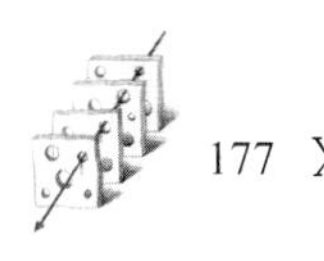

「你爸爸可能有『肝硬化』，一定要做B、C肝的檢查。」（屁啦！不知道是哪一點給你這個靈感。你自己才需要查一查，良心是不是被石化？）

「病患的血紅素很低，必須做內視鏡。」（這位大哥，我爸前陣子才剛做完這個檢查而已；不是一直提醒你要去看看過去病歷嗎？懶惰嗎？那我可以說給你聽啊……不屑聽？那就沒辦法了，你想被告——但，我爸爸不想死啊！）

「因為可以省錢，也為了你爸爸好，將來才不會沒藥用，所以必須使用『抗生素降階治療』。」（這位醫生，書一定要好好讀，「抗生素降階治療」是有條件的，當主治醫生，除了念書，是要負責任的，老師沒跟你講嗎？亂用會害死人的。什麼？省錢！好吧，竟然這麼為醫院省錢，就不能怪我決定告你了。沒聽過不聽老人言，吃虧在眼前嗎？哦，你說我只是小區域醫院兒科醫師，沒啥水準嗎？好吧，別怪歐巴桑我不客氣了……。我爸爸是個老公公，這麼老了，就可以亂搞嗎？門關起來在加護病房就可以亂省錢、亂打抗生素？不想照片子？還胡扯什麼現在醫療比較進步不用插CVC？別說歐巴桑對你亂指控，自己說過的話，要負責哦，大醫生。）

這是壞習慣啊！

多少醫生是這樣啊！穿著白袍，就以為自己是神了，這是「醫療的傲慢」。

病患就是生病了，才會來醫院；重病了，才會住加護病房啊！

醫者，是需要父母心的。

只會說些似是而非的醫療語言，利用病患及家屬的無知與害怕，是不道德的啊。

我完全知道，這樣胡說瞎扯，很容易唬得病患什麼都相信，付出大筆的金錢和尊敬。

但這是生命啊……何必呢？神棍啊！

繼續再去跟你的病人胡扯吧！這位醫生。

每個朋友都問我，怎麼要去花米醫院？評價不大好啊。

鄉親啊……大家評評理：

區域醫院荒腔走板，醫學中心驕傲自滿。

西都人何辜……。

我希望這輩子不要再看到司馬復醫師了，我很怕克制不住自己。

雖然目前消極抗生素派稍微占上風，但要不要開刀的困難決定，一直在我們心中拉鋸、拔河。這種棘手的狀況，我們完全沒有經驗，相信經驗豐富的陳醫師也是一樣。

哥哥和小妹依然不死心，他們不像我是消極沒用的人，認為爸爸還有拚搏的機會。

即使渺茫他們都願意試試。

二〇二〇年二月十七日（一） 轉院第十七天

花米醫院終於印好爸爸的所有病歷。大妹終於去拿回來。我鬆了一口氣。

45. 寶典

在發生了爸爸這些亂七八糟的事之後，我就上網 Google，在台灣醫療改革基金會下載了一本《醫療爭議處理參考手冊》。這是一本寫得非常好的小冊子，可說是一本小寶典，發生醫療糾紛時，無論醫療人員或病患方，都可以下載一本回來看看。

這本寶典明確地說：「**處理醫療爭議的第一步就是保全證據，包含物證及人證。**」物證最重要的就是「病歷」，感謝現在法律規定，醫療院所不得拒絕病人索取完整病歷。我們當然擔心醫院亂改病歷，不過現今所有醫療院所幾乎都是電子病歷，我們的政府真的做了很多事，我倒不擔心病歷亂改的問題。

我叫妹妹編一個隨便理由，就可以去申請全本病歷。（當然，這也是寶典教我的，這樣才可以避免醫院刁難，真是本了解現實的寶典。）

但只要細讀手冊，就會發現從頭到尾，內容都在勸病患及家屬：最好不要進行醫療訴訟。我甚至懷疑，法院根本是醫生開的。

難怪大醫院和醫護人員在面對我們種種醫療質疑時，可以大膽一笑置之，充耳不聞。

手冊內文表示：「**刑事訴訟可能導致醫病雙輸，民事賠償往往曠日廢時。**」就是明確告訴大家：刑事很麻煩，民事賠償也很難拿到。所以，不斷建議可以優先採「非訴訟化」的管道解決，如：「院內申訴及協商」、「衛生局調處」等，讓爭議早日圓滿落幕。

但我想無論西都醫院及花米醫院，之前都是因為：

一、**授權不足而流於形式**。（如社工根本不知道怎麼辦？或**護理人員根本在擺爛**，就是層級過低，不管病家問什麼，只提供制式回答，甚至醫院對醫護人員下封口令。這是小寶典寫的，不是我瞎掰的，但我完全可以了解是什麼意思。）

二、**「一拖、二騙、三刁難」奧步**。（我已經受非常多氣了，在此就不再贅述，這也是從小寶典節錄，不是我亂發明，非常有趣。）

三、**協商過程是有陷阱的**：大家千萬不要亂簽和解書，或受威脅。（當然這全是醫改會手冊

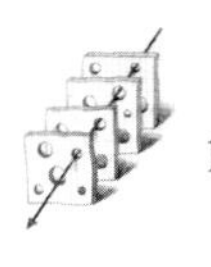

寫的，我一定會小心。哈哈！）

我第一次覺得，當一個醫生真好，原來亂搞病人是不用怕的，過去我實在太小心翼翼，根本像笨蛋一樣。我是個叛逆的人，迫不及待，更想試試，好好完成訴訟，我非常想知道，我們國家的法律，到底站在哪裡？

我把所有可能發生的事，都在腦海想像一下。但一切已經太複雜，完全超出我所能理解的範圍。

這本小寶典有幾個非常可笑的地方，如Q1-20：「拿到病歷後，我該如何解讀或尋求其他醫學專業意見？」竟然建議民眾：「帶著全本病歷，請教熟識的醫護，或其他大型醫院相同科別的醫師掛號看診，以『委婉』的方式詢問相關問題。」

我覺得這個方法實在太太太好笑了。醫療爭議點，常常不是這麼好判斷，而且，大家都不希望得罪同業，怎麼可能隨便看看就下判斷。更不用說看病歷是需要時間與醫療專業知識，難怪許多醫療糾紛最後不了了之。

不論如何，先從讀病歷開始好了，不同於一般病患家屬，讀病歷可是我的強項。也許讀完病歷，我就會發現所有醫護人員全都是大好人，只是我誤會太深。

二〇二〇年二月十九日（三）　轉院第十九天

新聞跑馬燈不斷放送一則令人錯愕的消息：一個流水般年輕漂亮的柔美女子，劉真，因置換瓣膜手術，昏迷多天，目前使用葉克膜延命。

我非常震驚，這大概是高以翔跑步突然當天使後，演藝圈的最大震撼彈。

劉真，花一般甜美，跳起舞來極端性感火辣，這個擅長拉丁的「國標女王」舉手投足，只有力與美。發生什麼事？爸爸的遭遇，讓我更關心她。

只是換個瓣膜啊！看起來身體比爸爸好一萬倍的健康女孩。

爸爸的心臟，竟奇妙地跟這位漂亮小姐有了謎樣的聯繫，命運真是神奇。

我不斷地為爸爸跟漂亮小姐祈福，雖然，可能都沒有用。

之後，我們就對開刀這件事更畏縮了。

二〇二〇年二月二十日（三）　轉院第二十天

我終於撥空趕至西都，去大妹那拿到爸爸在花米醫院的全本病歷。

第九章　祭文

二〇二〇年四月二十二日（三）

故事整理至今，是爸爸成仙的日子；這幾天，都在悲痛與誦經中度過，巨大的心情起伏讓我無法順利成稿。這是給爸爸的一封信，原本寫不出來很煩惱；不知怎麼的，開始寫就越寫越多。爸爸也算精彩一世，三言兩語，怎夠陳述？表哥說我寫得太理性，感情不夠充沛，希望我真情流露點，比較像特殊場合念的文章。我是個理性的人啊。而且，體貼的爸爸應該希望大家不要太傷心……。

我看到很多爸爸的老朋友和學生，爸爸的老朋友都變成老公公，很多學生也變成阿伯。歲月真是不饒人。許多人，我已經好久沒見面，都認不出來了。

大家都說：爸爸對每個人都非常好。是的，爸爸就是這樣的人。

謝謝大家來送爸爸。

哥哥還幫爸爸準備一頂大紅色國民黨的漂亮帽子，還有爸爸最喜歡的相思豆。

爸爸一定很開心。

希望爸爸好走！

我的爸爸是個強者。過去，我們都小看他了。

今天，我放鄧麗君的歌給大家聽，因為爸爸最喜歡鄧麗君，我每首都會唱，小時候爸爸每天晚上都會播給我們四個兄妹聽。

我的爸爸，是很純樸的鄉下人，出生在嘉義朴子。

我的阿公是個棟樑詩人，風流倜儻，閒暇就在廟裡做七步成詩的浪漫事。

阿嬤總怨阿公個性漂泊，出口成ㄗㄤ，滿嘴三字經。

相對於風花雪月、閒雲野鶴的阿公；老實、文質彬彬又腳踏實地的爸爸一點都不一樣。

阿公在遙遠的糖廠服務，自己獨身住在員工宿舍。

爸爸和一堆兄弟姐妹，還有不識字的阿嬤，就必須自立自強，那是個貧乏的年代。

爸爸小學三年級起，就要和大伯坐甘蔗小火車從朴子到蒜頭念小學。

之前，爸媽和我的小孩一起去糖廠搭小火車，我們很開心又叫又跳。

爸爸只是一直搖頭；那時，我不懂爸爸在難過什麼？現在想想，小學三年級的爸爸，應該很不喜歡光著腳，穿著破麵粉袋，在冷冽的冬天，搭小火車上學吧？

爸爸常常臭屁他是非常努力讀書的人。

應該是這樣吧！我看他的書本，永遠整齊標記許多備註。

我一直想模仿爸爸的字跡，不只是幫忙爸爸，在我的考卷、聯絡簿上簽名。

是因為爸爸寫的字，非常秀麗好看。

這幾年，爸爸生病了，體力越來越差，腦筋也越來越不好。

零星事情，爸爸仍記在本子上，筆跡歪扭顫抖，卻仍是工工整整。

國校畢業爸爸成績很好，雖然他只是沒人栽培的鄉下小孩，還是考上市立中學。

爸爸沒人指點，又亂讀課外書，以為研究科學最好要讀工業學校，就報考工職理工科，當然也被錄取，爸爸讀書可是很厲害的。

爸爸很窮，下課回家得沿路摘野菜養豬，沒錢就買最便宜的臭魚，爸爸其實非常害怕吃魚。

我聽過一個故事：爸爸前世是海龍王的蝦蟹將軍，魚是他的同胞，爸爸絕對不能吃魚。

爸爸小時候很苦，都吃蕃薯籤，還要下田幫忙。

爸爸一直努力供給我們優渥無缺的日子。

過去，我從來沒有感到什麼特別；現在想想，很不應該。

爸爸從工職畢業，考上市立中學高中部，家裡無法負擔他念大學，只好去讀師範學校。

爸爸讀師範時用腦過度，加上營養不良，滿頭都是白髮，

爸爸的綽號叫老頭子，還寫了一篇名為「白髮吟」的自傳。

爸爸從師範學校畢業，被分發到國民學校，每天要騎半小時鐵馬到學校教書。沒錢、吃不好，每早還要洗完全家人的衣服才能去教書。

爸爸這麼忙，難怪年輕時瘦得不得了。爸爸一輩子都為了家人打拚。

這時爸爸只有十八歲，是我還在叛逆搗蛋的年紀。

爸爸老實教了幾年書，存了一些錢，覺得世界應該不是這樣。

爸爸是個有志氣的人，這點我和他倒有點相似，原來是遺傳爸爸的。

三年後，爸爸參加聯考，考上國立大學理工系。爸爸總說：他工職畢業，英文程度很爛，比不上正規中學畢業生；爸爸總勉勵我的孩子「認真讀英文」。

即使是這幾年，爸爸閒暇還是拿著六冊國中英文，一次、一次開心複習。

爸爸是個活到老，學到老的人，我們都比不上。

爸爸進大學後因為缺錢，晚上還得兼家教，但爸爸非常勤奮，念到大學三年級，成績就開始名列前茅，比正規中學畢業生還厲害。爸爸常常驕傲跟我炫耀這件事。

相較於我衣食無缺，成績卻亂七八糟，真是對不起我用功的爸爸。

老爸疼我，也莫可奈何，總是笑笑，要我們加油。

爸爸大學畢業，就去當兵，爸爸是最帥氣的空軍。

爸爸常常指著藍天告訴我，那是他當兵時看守的C-119老母雞運輸機。

我的爸爸很盡責，飛機絕對不可能被偷走。

今天看著晴朗的天空，爸爸應該正在天上看顧著我們。

爸爸繼續攻讀研究所，得到碩士，博士，並升任教授。

小時候，我一直覺得爸爸是一個普通的爸爸，沒什麼了不起。

現在，發現自己實在太無知了。

爸爸還曾到美國從事高分子材料的研究。爸爸一直希望我繼承衣缽，在大學教書，甚至可以出國留學。我只是把爸爸的話當耳邊風，每天玩耍，真不應該。

爸爸還曾官拜主任秘書，推動成立校友會、擔任系友會總幹事。

爸爸更是嘉義師範，也就是現在嘉義大學，第一屆學術類傑出校友。

原來，我的爸爸，是個了不起的爸爸！

我的爸爸是個強者。這次他生病，完全讓我們看到他堅毅不服輸的老馬性格。

因為爸爸的生病，凝聚了我們四兄妹的力量。

爸爸，您不用擔心，我們一定會照顧您最放心不下的媽媽。

媽媽是您一生寶貝珍愛的人，我們兄妹一定會照顧她。

爸爸，我們都長大了，一定會照顧自己，您不用擔心，也沒有什麼好擔心。
謝謝您曾給我們那麼多的愛，只是我們過去從不知道。
爸爸，我把這篇寫得亂七八糟的文章獻給您，
相信爸爸一定在宇宙的某個角落守護我們。
爸爸，一路好走！
我的爸爸很喜歡唱歌，還參加合唱團。但是，我唱歌真的很難聽。
我想，我不適合唱鄧麗君的〈何日君再來〉給大家聽，
如果半夜爸爸突然飄回來，我應該會嚇一跳。
最後送爸爸最愛的〈楚留香〉最後一句歌詞：
千山我獨行，不必相送！

非常感謝表哥多年以來，對爸爸的照顧。

我的表哥，也是個非常好的人，雖然只有長我一歲，卻是心智，個性都穩重我很多的人，感謝表哥，也寫了些文給我的老爸，我看了很感動，在徵得表哥的同意後，就把多篇統合成一篇給大家瞧瞧。

謝謝表哥！

我的阿伯，是我那破碎的大家族裡，最親，最親的親戚。
跟我住得最近，也是在我們家最艱困時，幫忙最多的人。
阿伯啊，剛去龍巖看您，追思場地布置簡單素雅，
裡面有幾個素未謀面的朋友，也都是最愛阿伯的人。
想到三個月前還跟阿伯一起唱歌上課，
現在只剩一張照片。
心頭，有點酸；眼淚，忍不住在眼眶打轉。
大家，都要強顏歡笑；害怕，勾起彼此心酸。
老病太苦了，看著加護病房的您，

全身插滿了管子，拖著殘破的身體，失去意識地抽搐。
我的出手，終究沒能轉變最後結局。
離開我們，也許，是一種解脫。
我的阿伯啊！
我就要永遠失去您了，我會永遠感念您的。
折一朵往生咒蓮花，
祝阿伯一路好走，平安往生西方極樂世界。
念一段經文，願您所愛的也要保重。
阿彌陀佛～
走到生命盡頭，想保有最後一絲絲尊嚴，已經是那麼遙不可及。
在那麼短的時間內，
如果要送走兩個最親的人，是什麼感覺，現在我可以好好品嚐。
一年多來，就這樣進進出出醫院、急診、加護病房……，
中風、腦撞傷、糖尿病，和感染症……，
死神連續的左勾拳加右勾拳，一拳重似一拳，

直到把家人都打趴在地，認輸投降為止。
沒有寒風吹，沒有細雨打；
這樣豔陽天，照得心卻悲涼。
一年多了，一直忙著處理爸爸和二姐的事，
沒想到，阿伯卻突然衝出來，率先抵達終點線。
我的阿伯啊！
我就要永遠失去您了……
讓我再念一段經文，
再折一朵往生咒蓮花，
祝阿伯一路好走，平安往生西方極樂世界～
南無阿彌陀佛～

侄　李政道

第十章　答案

46. 潘朵拉

二〇二〇年二月至三月

書桌旁的病歷已經靜靜地在牆角躺了快兩個禮拜。我帥氣又有潔癖的老公，已經忍耐非常久了。他完全搞不懂，我每天生氣爸爸的醫生，又嚷嚷著要去告人，卻對這疊厚病歷視而不見。他完全不知道，我根本懦弱地不敢打開這些病歷。

好奇的潘朵拉在打開盒子後，將永無止境的痛苦、折磨釋放於人間。我的心中還會存有一絲「希望」嗎？我非常害怕了解爸爸身上發生的任何事。

我的帥氣老公，終於受不了我的溫吞，翻開病歷。按著老公的指點，我一頁一頁翻著病歷，逐條整理，心如刀割。花米醫院的病歷果真非常詳盡好看，比《哈利波特》還精彩，所有疑問都有其真正答案。

點點惡業、終成惡果。

滿滿寫下爸爸八年來無盡痛與苦的糾纏。

真的只是滿紙荒唐，一把辛酸。

我們終於知道，爸爸的綠膿桿菌從哪裡來。

我們終於了解，爸爸整整吃了八年的苦，八年來的滑稽可笑治療。最後一年，爸爸的水深火熱，更如同在十八層地獄。

爸爸錯了，醫生不是夠大牌就會給你頂尖治療。

媽媽錯了，爸爸根本不需要練習什麼凱格爾運動（註1），更不用拜什麼藥師佛。

我錯了，錯得誇張，不舒服不是看醫生就可以的……。

妹妹也錯了，爸爸不是不喝水，不吃藥——是吃藥根本不會好，喝水只會更痛苦。

我們都錯了，我們不應該相信醫師。

醫院真的是最危險的地方。

註1：凱格爾運動（Kegel exercise），又稱骨盆運動（pelvic floor exercise），在一九四八年由美國阿諾・凱格爾醫師公布，藉由重複縮放部分的骨盆底肌肉進行，用以幫助孕婦準備生產，降低失禁，同時能改善男女尿失禁、早洩等問題。

47. 暗黑魔王

我的爸爸自二〇一一年十二月開始（那年爸爸七十歲），因為攝護腺肥大的老人問題，去他最愛的花米醫院求診。之後在花米醫院找到生意最好，門診人山人海，號稱泌尿科權威的岳嘉羣大醫師。岳嘉羣醫師非常親切，第一次看到我爸，就把爸爸是朴子人的底細，調查得一清二楚，非常親切的岳嘉羣大醫師還把這個紀錄在病歷上，之後還和爸爸互以麻吉相稱。我爸是個純樸的老實人，非常感動有這麼尊貴的醫生與他稱兄道弟，當然非常死心塌地，不論我怎麼建議，也不願意換醫生。只是自此，踏上了條不歸路。

這些大醫師的魔幻小技倆，對長年在醫院工作的我，熟悉清楚不過；但總是冷眼，從不曾戳破，也不能揭穿……。

二〇一二年十一月，爸爸就花了十幾萬，接受了麻吉醫生的高檔推薦。爸爸當時很開心，好不容易，找到一個技術高超又非常關心自己的好醫師。岳嘉羣大醫師可是個大名醫、大權威！難得的是非常關心自己，和一般冷冰冰的醫生，一點都不像。這個寶石雷射手術可是很多錢的呢！

我回憶起爸爸那時得意的臉龐——真的是好體貼爸爸的好醫生，是個尊貴的好朋

友……。爸爸花了點錢，接受技術很好又體貼病患的岳嘉羣大醫師開自費雷射刀。

爸爸當時一定想，將來的人生，一定會變回彩色，重歸頂天立地的大男人！

只可惜，爸爸花了錢，開完刀後，症狀不大改善，還常常尿尿有血，斷斷續續，跟尿道發炎，爸爸每天都煩惱尿不暢快。這些不舒服的症狀比我寫在這裡的多更多，為了爸爸的顏面，我就不寫了。只是爸爸真的非常認真回診，不舒服的症狀，病歷、報告完全詳細記載：爸爸尿尿每天滴滴答答，乖乖看了好多次門診，吃了一堆藥，全沒啥改善。

二〇一四年六月爸爸的麻吉岳嘉羣醫師，終於幫爸爸排了第二次膀胱鏡檢查。一做完膀胱鏡，岳大醫師就知道，這個自費雷射刀有把攝護腺刮個大通道，但號稱「神刀」的岳大醫師技術好像不大好，操作器械太粗暴，把爸爸脆弱的尿道弄受傷，難怪爸爸開完刀，還是尿尿不順遂，更反覆血尿和發炎。看到病歷與報告就可以想像，爸爸的小鳥，一定很痛……。

岳嘉羣大醫生隨意敷衍，久了，沒好好處理，尿道當然越來越狹窄。手術前後兩次膀胱鏡報告，可以知道尿道原本通暢與術後造成狹窄的不同變化。而經尿道前列腺雷射刀，動作太粗暴，容易造成尿道狹窄，我也知道，Google 和教課書都有寫。

其實做手術，動作粗暴、技術很爛、把尿道弄狹窄了也還好——開刀畢竟有其風險，我也有認真詳閱手術前說明書。

只要岳嘉羣大醫生迷途知返，做個簡單的尿道擴張術，或比較高深點的內視鏡尿道切開術就可以了。如果真的懶惰或技術不好，當然也可以「暫時」把爸爸轉介給別人。

絕對相信之後忠心耿耿的爸爸一定會重回岳大醫生的溫暖懷抱！

但，岳醫師只跟他的麻吉病人說：「手術非常成功，門診吃藥治療就可以了！」

我不死心去詢問好幾個泌尿科醫生，他們對岳嘉羣大醫生這樣匪夷所思的處理，都笑而不答，只是意有所指地說：「如果是我，可能不會這樣做。」

接下來的幾年，爸爸不斷不斷忍受反覆血尿，尿道發炎的痛苦，更愚蠢地相信：全世界只有岳嘉羣醫師對他最好，最了解他，是他的知音！即使不舒服，也絕對不能背叛這個麻吉老友啊！一定要準時看門診！

門診紀錄皆有詳述爸爸的症狀，尿液檢查報告的紅、白血球數目更是一清二楚。只能說岳嘉羣大醫生病歷寫得非常詳盡，應該可以得「最佳病歷獎」。只是想不懂：岳大醫生為什麼從不用心處理病患的痛苦？岳大醫師在門診只是不斷和爸爸瞎唬爛，隨便開開攝護腺的藥和亂七八糟的抗生素給爸爸吃。完全不正視爸爸的不舒服……。

這些精彩的耍人把戲，我一天到晚在醫院看到。反正，**嘴巴和手是兩回事，中間不會連著良心。其實良心也沒啥重要，去看看評鑑條文，大家都知道，醫院沒人在評鑑「良心」這件事。**

爸爸的尿道因為發炎越來越狹窄，卻不斷吃攝護腺藥和隨便吃抗生素，想必效果不會太好。爸爸甚至有藥物過敏的情形。岳嘉羣大醫師竟然開第一代抗組織胺藥給爸爸吃，想必尿尿更沒力。這種便宜的第一代抗組織胺藥，可以治療皮膚癢卻有尿不出來的副作用，泌尿專科醫師當然知道，卻一再開立。

二〇一六年十二月，岳嘉羣大醫生終於安排爸爸膀胱腎臟超音波，檢查發現：「兩側腎盂擴大，推測為次發於膀胱腫脹造成，並可見膀胱游離雜物，及膀胱結石二．二公分，此乃**次發於血尿造成**。」明眼人都知道，這絕對是下泌尿道阻塞的結果。因為岳大醫師開刀動作太粗暴，使爸爸的尿道受傷發炎，不認真處理，反覆發炎讓尿道越來越狹窄，所以排尿就不順，尿積在膀胱，膀胱漲起來，尿液就會往上隨著輸尿管逆流到腎臟，把腎盂都搞壞擴張了。除此之外，因為尿道受傷發炎，尿道越發狹窄，尿不乾淨，**血尿**等髒東西膀胱淤積久了，就會變得又髒又濁，久而久之，結石就在膀胱形成。以上全是病歷上的報告寫的，我只有翻成中文與白話而已。

其實，膀胱腎臟超音波是很容易的檢查，幾乎每個泌尿科門診都會擺一台，跟產科的超音波檢查一樣唾手可得。只要有心，泌尿科醫師都會隨手幫病人看看查查：比較小便前後，是否有積尿，尿不乾淨等問題。

但，岳嘉羣大醫生的門診人山人海，更要忙著唬爛、瞎掰、假裝很關心病人，怎麼會有空好好幫病患隨手檢查？所以，爸爸去了很多年門診，只有兩、三次的超音波檢查，並且都由其他小牌醫師執行，不過報告打得倒挺誠實！非常值得稱讚！

岳嘉羣大醫師如果有點良心，就應該跟爸爸坦誠自己開刀技術不甚好，或隨便編個理由，跟正常的醫師一樣，建議做個簡單的尿道擴張術就好了。我相信這個岳嘉羣大醫師一定很會編理由，而且，我的笨蛋爸爸一定一定相信。

但，爸爸的痲吉不這樣做，岳嘉羣大醫師選擇幫爸爸做「膀胱結石移除手術」。這個建議就有點奇怪了，因為膀胱結石是尿道狹窄，尿不乾淨的結果。移除結石怎麼可能改善「尿道狹窄」造成尿尿痛，尿不出來的問題呢？

爸爸很害怕，不想手術，選擇逃避，傻傻回診繼續吃沒啥療效的藥，一個人在家裡不停忍耐。只是，岳嘉羣大醫師的藥根本不可能減輕爸爸的水深火熱。

真的太難尿，太不舒服了，完全搞不清楚的爸爸，終於在二〇一八年十二月接受不斷吹噓自己技術很好的岳嘉羣大醫師建議，做移除膀胱結石手術。我完全可以在病歷上，看到爸爸用盡各種方法理由，拖延開刀。我知道我的爸爸是個非常膽小、怕痛的人，只要一點點破皮，他就會「哎呦喂呀！」地亂叫一通；他一定不會知道，之後需承受地獄般的磨難。

原本，胡亂做個膀胱移除結石手術也沒什麼了不起，只是吃點痛，多開個沒效的白費刀而已。但，岳嘉羣大醫師不只技術不好，亂建議病人開刀，還不大愛乾淨，這個不需要的結石手術，竟然造成「院內感染」——開完刀的第三天，爸爸就在病房瘋狂發燒，這部分病歷記載得非常清楚。

其實開刀沒衛生，造成「院內感染」發燒，只是爸爸運氣不大好，也沒什麼特別，但正常的醫師會安排三天以上的抗生素點滴治療，等病人好轉再回家。

但岳嘉羣大醫師比較特別，只會催促爸爸拔掉尿管，趕快回家。

正常智商的人都知道，尿道狹窄加上感染，怎麼可能尿的出來？所以爸爸當然馬上又被放回尿管，導了一千三百 cc 的餘尿，吃著普拿疼，乖乖地被趕回家。這個處置也很奇怪，一般人尿不乾淨只要超過一百 cc 就非常不正常了，一千三百 cc 都尿不出來，請問，這樣很舒服嗎？一般醫師會這樣做嗎？是故意的還是疏失呢？

隔天，爸爸又超準時回診，好麻吉安排了一個「膀胱壓檢查」。報告結果明白得知，可憐的爸爸，因為長期不當用力、尿不出來，膀胱和逼尿肌都壞掉、沒有功能了。這個膀胱鬆弛沒力，應該非常久了吧——這不是長期尿道發炎阻塞、尿不出來，膀胱漲大，又不好好處理才導致的傷害嗎？一般醫師會這樣處理嗎？

「排尿」是一連串非常複雜的生理動作，需要良好的膀胱肌肉收縮、通暢的尿道以及協調性良好的神經系統等等。膀胱是個很特別的器官，有彈性非常好的肌肉層和豐富敏感的神經，膀胱會因為累積尿液而漲大，也會因為排空尿液而縮小，像個靈巧的小皮球。

但當尿道狹窄，尿液滯留排不出，長時間漲大膀胱，久而久之，膀胱富彈性的肌肉就會鬆弛，不再有力氣收縮，不只如此，爸爸的膀胱因為日積月累的傷害，即使放了尿管，也只是鬆得像個洩了氣的大排球，膀胱富彈性的肌肉層已經沒有任何功能來縮小膀胱體積。爸爸的膀胱，已經因為長久的積尿，鬆弛壞掉了，小妹還一直懷疑爸爸得什麼膀胱大腫瘤。難怪岳嘉羣大醫師不願意安排膀胱鏡檢查，岳嘉羣副院長完全知道爸爸的膀胱為什麼變成這樣，這可是「**重傷害**」啊！

爸！你的尿道狹窄，膀胱鬆弛壞掉了，這些你的好麻吉不知道嗎？

大家想想，尿道狹窄，再加上膀胱鬆弛無力，怎麼可能好好解尿呢？但岳嘉羣大醫師，

再次狠心無情地拔掉爸爸的尿管，要爸爸回家繼續吃沒啥用的藥。我為什麼會知道呢？因為病歷全都有寫。岳嘉羣大醫師可曾認真衛教？誠心建議病患：尿道狹窄加上膀胱鬆弛無力，只要放個尿管，就可以解除痛苦了？這不難吧！這是正常醫師該做的工作吧？

但，這些只是愚蠢、痛苦，卻不會致命。

悲哀的是，沒用的膀胱結石移除手術，悄悄撒下綠膿桿菌這枚黑暗種子。

從爸爸做完號稱非常完美成功的結石移除手術後，爸爸的尿液培養，再也沒有乾淨過，永遠都是滿滿的綠膿桿菌。

尿道狹窄，膀胱無力，再加上有症狀的綠膿桿菌尿道感染，讓爸爸痛不欲生。

一年的時間裡，爸爸不斷不斷到岳嘉羣醫師的門診，祈求岳醫師解救尿尿痛、尿不出來的煉獄生活。岳嘉羣大醫師，可是整整有一年的時間回頭。

整整一年的時間，好好改變、彌補曾經的歧路。

但岳嘉羣大醫師卻選擇：明明知道這些藥完全沒效，又不斷教訓爸爸不好好吃藥，是個不配合的病人。我們還愚蠢配合岳嘉羣大醫師，不斷指責爸爸：

「為什麼不乖乖聽話？」

「為什麼不認真吃藥？」

「為什麼每天不喝兩千 cc 的水？」爸爸只能啞巴吃黃蓮。我們都忘了，爸爸是個老實、認真的人，不可能不聽話，更不會背棄他的麻吉。我為什麼知道，因為一套又一套的尿液檢查和培養報告攤明一切（註 2）。

報告，是會說話的，不用我來代言。但報告是要用眼睛、用知識、用良心讀的。沒有病歷、沒有「有良心」的醫生解釋，我們什麼都不知道。

翻閱病歷，就可以知道為什麼爸爸身上有綠膿桿菌，更可以知道，綠膿桿菌在爸爸的身上存在多久？有哪些症狀？有症狀的泌尿道感染，沒有處理，很舒服嗎？岳嘉羣大醫生不知道爸爸的痛苦嗎？視而不見不處理，應該嗎？身為醫者，有不治癒的特別原因嗎？還是泌尿科岳嘉羣醫生不會治療泌尿道感染呢？

別忘了還有之前沒處理的手術併發症：阻塞性泌尿道狹窄；兩者加乘，長期不治療，很容易演變成血行性感染，導致菌血症及敗血症，這群醫生不該知道嗎？這可是很普通的醫療常識啊！如果不知道，不是醫療疏失嗎？除了岳醫師，之後這群感染科醫師不知道嗎？不會處理嗎？如果知道了不願處理，不是醫療過失嗎？漠視病人的痛苦是為什麼呢？有甚麼仇恨呢？符合醫療常規嗎？還是這個區域醫院沒有辦法處理呢？

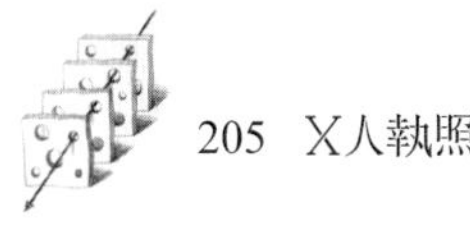

這些，沒有串通嗎？這是醫醫相護嗎？
還是醫病殘害呢？悲哀啊！

註2：自二〇一八年十二月結石移除手術後，尿液培養開始持續長綠膿桿菌，數值大於十萬 CFU/ml。
二〇一二年七月十九日：U/C no growth（尿液培養：未長菌）
二〇一二年八月九日：U/C no growth（尿液培養：未長菌）
二〇一三年四月一日：U/C no growth（尿液培養：未長菌）
二〇一八年八月二十二日：U/C no growth（尿液培養：未長菌）
二〇一八年十二月七日：結石開刀。
二〇一九年二月二十日：U/C Pseudomonas aeruginosa > 100,000 CFU/ml。尿液培養：綠膿桿菌。
二〇一九年四月三日：U/C Pseudomonas aeruginosa > 100,000 CFU/ml。尿液培養：綠膿桿菌。
二〇一九年九月十八日：U/C Pseudomonas aeruginosa > 100,000 CFU/ml。尿液培養：綠膿桿菌。
二〇二〇年一月十五日：U/C Pseudomonas aeruginosa > 100,000 CFU/ml。尿液培養：綠膿桿菌。
除此之外：病患移除結石手術後第三天，就多次發燒超過三十八度，並合併解尿困難及疼痛，導尿得餘尿達一千三百cc；手術後尿液培養開始長出綠膿桿菌（單一菌落），數值大於十萬 CFU/ml。尿液常規檢查：包括白血球、白血球酯酵素、及細菌數目，二〇一八年十二月十日手術前後比較，完全顯著上升。
綜合以上，完全符合手術後「院內感染」有症狀泌尿道感染之定義。目前更名為：醫療照護相關感染。

48. 鞠躬

我們醫院的泌尿科前主任，是一位我很尊敬的醫師，我曾在小病人臨床上請他幫忙，主任非常誠懇幫我解答，還幫我查了許多最新資料。願意幫忙病患，有良知的醫師，是不分年紀、層級、醫院、科別的；這是為人處事，盡心盡責的問題，道德的問題，不會很難的。

這次爸爸的事，主任更是幫我許多，主任甚至拿了他的名片給我，寫下他的私人手機號碼，要我隨時可以打電話給他，承諾一定會盡心幫忙。

非常感恩，主任沒有騙我，都有做到。主任在聽了爸爸的事，知道我非常生氣，要去告醫生、告醫院。主任是個和平的好人，一直試圖勸阻衝動的我，幫同業說話。但在我詳盡地告訴這位長輩，我爸有多愚笨、多痛苦、多心酸的過程，這位主任，終於嘆了一口氣，語重心長地說：

「醫生要為病患解除痛苦啊！如果不能正視病人身體的不舒服，將自己醫療上的錯誤歸咎病人身上，是不對的。病人是無知的。當醫生的人，怎麼可以這樣呢？」

主任一直喃喃重複這幾句話，搖搖頭，就不再勸阻我了。我不是來討拍的，我不是那樣的人。

一群在泌尿科檢查室工作的姊姊，知道爸爸的事，也覺得不可思議，不斷地跟我說：「如果……，或是……。」更拍拍我的肩膀，拿好吃的東西給我吃，希望減低我的悲傷，安撫我的激動。千金難買早知道啊！非常謝謝漂亮善良的姊姊們，多次鼓勵我，關心爸爸。還送爸爸很漂亮的禮物，爸爸很喜歡，只可惜沒用很久！

非常誠意的，鞠躬，予大家致謝。

49. 佛地魔

《哈利波特》裡，有一個驕傲自負，追求最強欲望的可怕傢伙，叫「佛地魔」。這個壞蛋很殘忍、很可怕，更在名字上下了咒，所有唸到名字的人會被追蹤，甚至被迫害。大家都非常畏懼，稱呼他「不能說名字的人」。

只有勇敢的哈利波特和少數人，敢直言不諱地說出壞蛋的名字。

智慧的鄧不利多，當然可以看穿「佛地魔」冷酷與強大野心，十分提防，即使最後失去自己最寶貴的生命。

奇怪的是，很多人都相當喜歡這個長相英俊的暗黑魔王，在史萊哲林求學期間這位年輕的魔法師更擔任級長、男學生會主席，並獲得學校特殊貢獻獎。

「佛地魔」是貫穿整個《哈利波特》故事的最大反派：一名極為黑暗、陰險、殺人不眨眼、強大、聰明和無情的黑巫師。

「佛地魔」在故事中更展現了不同多變的魔法技巧。

「佛地魔」是《哈利波特》系列中的虛構人物，是小說中「史上最危險的巫師」、一個超狠角色。

岳嘉峯副院長在花米醫院，可是一人之下眾人之上的權貴人士啊。

花米醫院的洪平之和邱大偉是否畏懼其權力？

選擇與其在黑暗中共舞？或不得已噤聲？

我就不知道了。

我沒有辦法揣摩某些種類人的心思啊！

主治醫師是有主治醫師應該做的工作與責任啊！

嗚呼哀哉～～

50. 殺人執照

爸爸在好麻吉醫師這裡經歷了一次造成併發症的攝護腺手術、一次邪惡的綠膿桿菌院內感染，再加上膀胱鬆弛無力，還有很多次門診的無效藥物治療。生活水深火熱，食慾低下，爸爸一百六十五公分的身高，從胖胖的七十多公斤急速落到五十四公斤。

終於，在二〇一九年十二月二十一日爸爸因為身體太不舒服，經救護車到花米醫院急診求診，並安排住院。醫師看到一大堆尿液培養長綠膿桿菌的報告，聰明的當班醫師當然就幫尿道感染，膀胱沒力，尿不出來的爸爸放了尿管，打上專門治療綠膿桿菌的厲害抗生素「復達欣」。

如果爸爸的好麻吉醫生，知道長期粉絲住院了（因為自己胡亂手術又不治療的綠膿桿菌院內感染）應該悔悟，建議爸爸乖乖住院，好好抗生素治療，並說服爸爸接受長期放置尿管的事實。

要知道：「人非聖賢，誰能無過，知錯能改，善莫大焉。」

但，這位岳嘉羣大醫生不是如此，住院期間，三番兩次建議爸爸拔掉尿管，趕快出院，門診追蹤就好了！我為什麼記得？因為泌尿科會診單及醫矚單寫得一清二楚，病歷真是個好看的東西：凡走過，必留下痕跡！

岳嘉羣大醫生，當然沒有好好衛教，告訴我們：尿道狹窄加上膀胱無力，只要放個尿管，就可以解除痛苦了！衛教可是很麻煩的，怎麼有空呢？

從頭到尾，整本病歷，只有看到岳嘉羣大醫生，不斷建議爸爸：

「拔掉尿管，門診追蹤。」

「拔掉尿管，門診追蹤。」

「拔掉尿管，門診追蹤。」（這當然是病歷上記載的，真心不騙。）

岳嘉羣醫生還不斷對我的家人強調：這個結石移除手術有多成功、自己技術有多精湛！次數多到我的家人全都懷疑了起來。

花米醫院的感染科主任洪平之醫師，是個醫學博士，也是個令人費解之人。

爸爸在二〇一九年十二月二十一日開始，用專門對付綠膿桿菌感染的抗生素「復達欣」，治療膀胱感染，但爸爸十二月二十三日、十二月二十七日連著好幾套血液培養，不斷長出屬於格蘭氏陰性菌的綠膿桿菌。

這個道理很簡單：代表「復達欣」這個抗生素對這隻綠膿桿菌臨床效果並不好，所以即使抗生素打了七天以上，血液的細菌還在猖狂亂長。正常的醫師都知道，應該考慮更換更有效的後線抗生素如「**美保平**」，或做個簡單的MIC檢測（最小抑菌濃度）來瞧一瞧。

即使是很年輕的醫師都知道：在血液培養長出格蘭氏陰性菌，絕對有意義，代表菌血症，一定要給予足夠劑量，足夠時間的正確抗生素。

菌血症可分為兩種：一、暫時性菌血症；二、持續性菌血症。

一般人的血液中是沒有細菌的，如果在血液中發現細菌，稱為「菌血症」。菌血症可能只是暫時的，大部分情況當是細菌入侵血液時，就馬上被人體防衛機轉或簡單的抗生素所消滅。因此，暫時性菌血症：不一定有症狀。但，如果局部的感染沒有經過妥善的治療，細菌的攻擊反應過強，可能從暫時性的菌血症引發連鎖效應，轉變成敗血症，敗血性休克、多器官衰竭甚至死亡。

所以醫生在發現病患即使只是「暫時性菌血症」，都不會疏忽，最少要給予七至十天「有效」抗生素治療，避免細菌引發的骨牌效應，造成病患死傷。

但「持續性菌血症」更兇猛、更致命：代表更直接的血管內血液感染，細菌在血液中生生不息，絕對需要更長時間、更有效的抗生素治療；這可是簡單的醫療常規。而持續性菌血症若合併「瓣膜逆流」，一定得持續追蹤心臟超音波，查明是否有「感染性心內膜炎」，絕非隨意打打抗生素。「**尋找正確感染源**」可是醫療常規啊！感染科醫師怎麼可能不知道、不注意呢？若沒有正確診斷治療「持續性菌血症」，絕對是生死交關的。

內科醫師的武器除了「抗生素」這把利刃，更重要是「鑑別診斷」的扎實功夫。這就如武林高手的「內力」一般，學問底子深厚，才有機會找出真正感染源，使用正確武器（抗生素）根除敵人（細菌）。

「鑑別診斷」是從實習醫師時期，就需要一而再、再而三練習的醫生基本功。

感染科主任洪平之醫師是醫學博士，沒學過這些嗎？我的父親屬於「持續性菌血症」，與暫時性菌血症的治療時間及診斷方向完全不能混為一談。這全是感染科的簡單基本功啊！

「感染症」是可治癒的內科疾病啊！

這些全是醫療常規，但專精感染科的主治醫師是醫學博士，有病患所有報告，還有豐富學識，更是西都大學附設醫學中心感染科接受完整訓練出來的，還在區域級醫院上班，不應該不知道，更不可能不知道。

綠膿桿菌較一般格蘭氏陰性菌更為特別，為院內感染所造成，抗藥性極強，致死率極高——即使是一兩天延遲使用正確抗生素，死亡率都會大幅提高。

衛生感控機關應該去查一查，我絕對不是無端指控，我更想請問，這個「院內感染」，這個現在所謂「醫療照護相關感染」，花米醫院是否有完整提報衛生責任機關？是否還有第

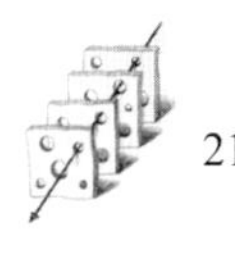

二個、第三個……甚至第無數個，被忽略、未被告知、未被妥善治療的相關病患？

院內感染導致的綠膿桿菌持續性菌血症，對我爸爸這種虛弱的老人，會帶來極大的傷害與極高的死亡率。必須於最早時間，使用最正確且足夠時間的抗生素，更需要積極「鑑別診斷」找出正確感染源。

但這個洪平之醫師，竟然在十二月二十八、一月二日、一月三日都不斷催促爸爸出院，我們多次質疑：血液裡長細菌不嚴重嗎？都沒有用。連專師都覺得我們死皮賴臉不出院。

我的小妹，為此多次與專科護理師起衝突，我竟然還居中扮演濫好人的角色，只會叫小妹信任醫師……想到，我只是後悔，不停地哭。

洪平之醫師在一發現十二月三十一日所做的血液培養未長菌時（一月六日），就迫不及待趕爸爸出院，並給予一週毫無效果的口服抗生素。我為什麼會知道呢？因為病歷及醫囑都有寫。

再重複一次，我爸爸屬於院內感染導致的綠膿桿菌持續性菌血症，這是會致命的，與暫時性菌血症的治療時間及診斷方向完全不可混為一談。我完全不知道醫生是故意的，或只是疏失？

MBD、MBD、MBD、MBD、MBD……（MBD：病況好轉，醫師許可出院）。

你知道住院病歷上註明 MBD 多少、多少次嗎？我在看到這些病歷時，驚嚇到不知如何是好，完全不知道洪平之醫師是故意的？還只是醫療疏失？但屢次三番的疏失嗎？不禁讓人懷疑？

再強調一次：洪平之是感染科主任更是醫學博士，有爸爸所有報告，還有豐富學識，是西都醫學中心感染科訓練出來的，在區域級醫院上班，不應該不知道，更不可能不知道。這些，絕對有違醫療常規。更可笑的，洪平之醫師還是花米醫院的內科部副主任，花米醫院可是區域級的教學醫院，我完全不知道這樣的人如何教育年輕醫師。

之後爸爸於二〇二〇年一月十五日回診洪平之醫師門診，當天爸爸根本發燒並且非常虛弱。這完全是病歷上寫的，爸爸對我們隱瞞，卻對醫生相當誠實——我不知道為什麼醫生審視了病患，知道了病況，記載於病歷，卻不處理。存什麼心態？這樣只是留下證據，到底為什麼？只能說西都醫院的訓練、花米醫院的常規，真特別。

回診血液的報告：

白血球：13,530 /uL（正常：3,540-9,060 /uL）
發炎指數：13.3 mg/dL（正常：0-0.3 mg /dL）

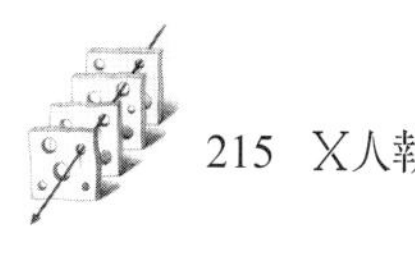

發燒虛弱、白血球上升、發炎指數這麼高、血液裡長細菌，這全都代表嚴重感染，這可是每個醫師都知道的事。洪平之醫師是感染科的，當然也知道，但仍開給爸爸無效口服抗生素。叫爸爸回家。而該日之血液培養（二〇二〇年一月十五日），仍繼續長綠膿桿菌。

若後來經急診再次住院時，洪平之醫師可以更小心謹慎，則應考慮，絕對是高死亡率的綠膿桿菌持續性菌血症，一定要考慮直接血管內血液感染，如感染性心內膜炎，必須安排心臟超音波持續追蹤。身為感染科醫生的醫學博士這些都沒辦法注意嗎？這可是十四天內同一診斷再次入院，每位主治醫師都知道，這代表第一次的住院沒有妥善治療完全，而且是沒有治療好的菌血症，絕對會因為有效抗生素的停停用用，導致更高死亡率。

我真的覺得洪平之醫師**根本沒看報告**，而專科護理師周佳若就更不用說了。

「認真看報告，小心診斷治療」本來就是醫護人員上班應該做的工作。

這次住院，這些醫師和專科護理師，完全賞我家人排頭吃。但這些可以告他們嗎？不行。態度不好，不能告，也不需要告。用心診斷、認真治療，才是醫院存在的根本，服務完全不是重點，我都知道，我可是非常了解醫療生態的人。

爸爸在二〇二〇年一月十九日發燒，虛弱，無力，雙腳有出血點，貧血，血小板低下。入院病歷上清楚寫著爸爸有心臟二尖瓣逆流，又加上持續性菌血症：如果小心些，必須持續追蹤心臟超音波，或簡單的每日聽聽心雜音，在這時候診斷感染性心內膜炎其實並不困難。

但……怎麼說呢？反正完全沒人管——怪。

只記得影印報告要算錢，打白蛋白得自費，還要家屬自己計算怎麼打？怪極了！

洪平之醫師持續固執打著效果不好的抗生素「復達欣」，仍然吝嗇不願做正確鑑別診斷……。洪平之醫師一直輕忽，認定只是膀胱感染。正常的醫師一定會做更深入分析的檢查或排個心臟超音波，這些完全不符合醫療常規啊！

我已經請教過好多個醫生，包括好幾位泌尿科與感染專科醫師，甚至是我的表哥，他們全說：「不可能有這麼難控制的單純膀胱感染。」因為膀胱的肌肉層非常特別，強韌且極富彈性，還可以抵擋防禦這些細菌，教科書上也是這樣寫的。為什麼這個菌血症這麼難以根治？因為，這些細菌已經從長時間的阻塞性膀胱感染，演變成暫時性的菌血症，然後細菌跑到爸爸的二尖瓣，聚積變成感染性心內膜炎，所以，血裡的細菌才會源源不絕。要知道綠膿桿菌不是一隻很黏的細菌，不容易聚積在心臟瓣膜變成贅生物，只要正常的醫師可以稍微警覺，使用有效抗生素治療，絕對不可能有這些連鎖骨牌效應。醫生們擺爛不治療、不解釋、不查房就算了；專科護理師周佳若更配合醫生，每天擺臉色教訓我們，狐假虎威……這樣惡劣地對付我們；第一線的護理師，即使多次反應病患的痛苦、家人的焦急……值班或臨床醫

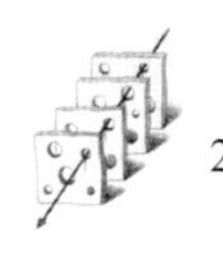

師們，完全敷衍漠視病患痛苦……在這個醫院，一定不是特例，應該已經是常態積習了吧！這，可是人命啊！

之後，天才的代班感染科邱大偉主治醫師，自一月二十二日發現爸爸尿液培養為五萬隻腸球菌後，就立即自作主張停掉「復達欣」，並將抗生素改為更低階，對這隻綠膿桿菌更彆腳的「倍達黴素」。完全無視爸爸十二月二十三日、二十七日和一月十五日、十九日、二十一日，甚至之後二十三日，血液培養持續長著綠膿桿菌的事實，並且完全不理會病人馬上開始發燒，虛弱，低血壓的敗血性症狀。

「倍達黴素」是用來打腸球菌的，比「復達欣」更低階！

「倍達黴素」是用來打腸球菌的，比「復達欣」更低階！

「倍達黴素」是用來打腸球菌的，比「復達欣」更低階！

因為非常重要，所以要寫三次……甚至三千次。

我不知道感染科邱大偉醫師突然這麼熱情想打這隻腸球菌，存著什麼意圖？尿液培養：腸球菌五萬隻，根本沒什麼大意義！更不用說，之前血液培養，長了那麼多次的綠膿桿菌。孰輕孰重，簡單可推得，除非，醫師完全沒有審閱過病歷。還是，這也算一種抗生素「降階治療」？

這個一定得再提：感染科主治醫師有爸爸所有報告，具足夠學識，在區域級醫院上班，不應該不知道，更不可能不知道。這些，絕對有違醫療常規。

我可以毫不客氣地說：「對一個明顯細菌性敗血症的年老病人，醫師擅自胡亂降階抗生素的行為，形同謀殺。」

洪平之和邱大偉醫師不是感染科的嗎？我實在很想聽聽感染科醫學會怎麼說？如果感染科大老想護航，說這樣很正當、沒什麼影響，感染科醫學會乾脆廢掉好了！感染科也不用開什麼醫學大會了，貽笑大方。

「感染症」可是內科疾病中唯一**可治癒**的疾病啊……但——醫生也需要學識和良心啊！

每次、每次，只要看到這段病歷，我總是顫抖哭泣到完全無法自己。

天啊！我爸跟這些人有什麼仇恨？如果這不叫犯罪，有誰可以稱做罪犯？

醫生拿的是「殺人執照」嗎？（註3）

爸爸年紀大了，非常虛弱，血裡滿滿邪惡的綠膿桿菌，卻連一把有用的武器（抗生素）都沒有，當然又開始發燒。慢慢的，爸爸血壓開始不穩，呼吸開始不順，爸爸完全不能躺下來休息——這些完全都是嚴重心臟衰竭的症狀。連著好幾天的護理紀錄，把爸爸的痛苦寫得一清二楚；護理同仁有眼睛、有良心，都記下來了。

除夕，爸爸非常不舒服，我們焦急詢問邱大偉醫師：「是否須考慮敗血症？是否需轉加護病房？」（一月二十三日，晚上八點二十分護理紀錄單有記載。）

主治邱大偉醫師只會回答：「現在過年。」這個，護理紀錄單沒寫，僅記錄主治醫師有電話解釋。大家猜，解釋了什麼？

這可是在台灣區域級醫院住院病房發生的事。天理何在？衛生局、健保署、政府官員，你們看到了嗎？之後無論我們如何擔心，邱大偉醫師只會推託：「我是代班醫師，洪平之醫師之後就回來了！」冷漠不做任何檢查。大家必須知道，即使是代班主治醫師一樣要負法律責任的。

再提一次吧：感染科主治邱大偉醫師具足夠學識，恰巧也是西都大學附設醫院，醫學中心感染科訓練出來的，在區域級醫院上班，不應該不知道，更不可能不知道。這些，絕對絕對有違醫療常規。

註3：殺人執照（Licence to Kill）：（一九八九）提摩西達頓的最後一部〇〇七電影，內容非常黑暗，描述英國特工擁有參與犯罪的許可證——擁有「殺人執照」就得到執行任務可隨意殺人的免罪金牌，完全不需承擔任何法律責任。由於太多血腥廝殺，當時全球觀眾接受度不是很高，之後稱其為「黑暗與暴力的龐德」。

太巧了吧！竟然大家都是西都醫學中心感染科訓練出來的！

自一月二十二日晚上七點，感染科邱大偉醫生將抗生素改成比「復達欣」更蹩腳的「倍達黴素」後，爸爸隔天一早（六點）就開始發燒、虛弱、血壓不穩，更開始合併呼吸喘，端坐呼吸，下肢水腫的嚴重心肺衰竭現象。護理紀錄不斷描述我們的擔心及抱怨。小妹見爸爸痛苦，非常不忍，數度詢問周佳若專科護理師，並拜託轉告主治醫師。專科護理師周佳若竟回覆：

「醫師已經查完房，不能詢問病情。」

「我是專科護理師，不能解釋病情。」

「我不了解病情。」

更嘲笑小妹：不是專業醫護人員，醫療常識不好。種種誇張行徑，惡劣態度，令人無言。這部分，護理紀錄當然也沒寫，你覺得這是真的？還是我瞎掰的？

但，從一月二十日到一月二十七日爸爸喘得都呼吸衰竭了，七、八天的時間，卻連一張胸部X光這種最基本處置都沒有，只有不斷地打利尿劑，輸血（爸爸還過敏得亂七八糟）、用藥物鎮定、自費打白蛋白……。

這個醫院裡，有誰曾在乎一個病患是否多器官衰竭？是否應該做簡單基本的身體理學檢查？只要拿起聽診器，檢測呼吸音或心雜音，就可以了。如此粗糙輕忽的「醫療」照護，當然診斷不出感染性心內膜炎。而這些身體檢查只是身為醫生的根本，是實習醫師就該做的，不要對我狡辯——感染性心內膜炎是困難診斷。

這一團亂帳，我真的不大想看，看了只是傷心。有些我當初都不大清楚，只能在一旁乾著急。很多都是讀了病歷，我才發現的，這讓我非常痛苦。我完全，不知道要說什麼……。只能說，現在我真的知道太多了……病歷，真是個可怕的東西。

後來，我在Line上又發現，連一月二十八日的胸部X光、會診心臟科和腎臟科，也是我們建議的。連有效的超厲害抗生素「美保平」，我們在第一次住院就有詢問了。

只是，這些病歷上都沒寫，但，我們都知道……。

所以，為什麼我要寫出爸爸的事？我很閒嗎？我想轉行當作家嗎？我太愛爸爸嗎？我無病呻吟嗎？我喜歡誣賴、抹黑醫護人員嗎？不是！因為其中發生太多離譜的事，完全都不合理，更不應該發生，我只想寫出病家無力、後悔的心碎……。懇求醫護同仁可以多點視病如親，多些感同身受……。每個人都有爸爸、媽媽、孩子，每個人都有機會躺在病床上，這不僅是我爸爸可笑的曾經，更是每個人可能的悲哀啊……。

我常參加一些小型醫學討論會，會中常有一些病例分享，知道一些病程、報告，讓醫療人員腦力激盪，可能是哪些致病因素導致這些結果。我在私人網路上貼出爸爸的病程與報告，想問問朋友們真正的病因為何。其實，我在整本故事已經提示大家非常多次了。當然，沒有任何醫護專業人員猜得出來，即使公告答案，所有醫療同業一致覺得相當疑惑與不可思議，甚至汙衊我在撒謊。這個道理非常簡單，因為發生在我爸爸身上的事：

「完—全—不—符—合—醫—療—常—規。」

「完—全—不—符—合—醫—療—常—規。」

「完—全—不—符—合—醫—療—常—規。」

因為非常重要，所以要寫三次……甚至三千萬次。這為什麼非常重要？代表一般正常的醫師完全不可能這樣做，這些全都屬於

「重大醫療過失」！

說到花米醫院那個很好心的盧醫師，我知道，盧醫師不負我所託，有把這些病歷轉知西都醫院，並千里迢迢坐救護車，在週六陪我爸爸去西都醫院。

盧醫師是個非常盡責的人，我非常感謝他，我不是忘恩負義、不明事理的人。

我為什麼知道呢？因為出院病摘寫得非常仔細，其中一段，盧醫師寫道：

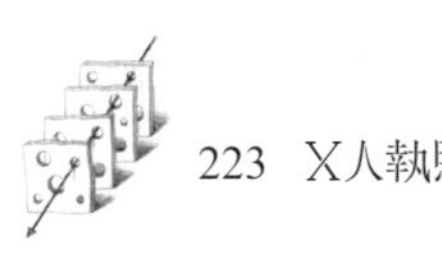

「病人住院後，使用經驗性抗生素『復達欣』來治療泌尿道感染。然而，病人發生呼吸窘迫及肺水腫，醫師根據藥物敏感測試（MIC）將抗生素改為『美保平』（後略）。」

「我詳細回溯病人的病史，安排了心臟超音波，發現變得更嚴重的二尖瓣逆流，所以高度懷疑是感染性心內膜炎（後略）。」

「家屬對整個治療過程有許多抱怨……請繼續使用『美保平』及『汎克黴素』繼續治療（後略）。」

盧醫師非常盡責，有「詳細回溯病人病史」做到他一位醫師應當做的事。

而且，盧醫師有「立即」高度懷疑「感染性心內膜炎」。這代表花米醫院的水準規模，可以簡單診斷這個疾病。事實上，盧醫師只是客氣，盧醫師不只是懷疑，他已經確診了——感染性心內膜炎只要有多次的菌血症，加上變得更嚴重的瓣膜逆流，就可以診斷，不用說其他蛛絲馬跡的附加症狀，或變得如此嚴重的心臟衰竭等等。

只要一發現病患是感染性心內膜炎，就一定要老實地使用最有效抗生素治療，否則是絕高的死亡率。教科書上寫得清楚明白。

但對於「不看、不聽、不理」的醫師當然無法做任何正確診斷、更不用說正確治療。

我只能再強調一次：感染科醫學博士的洪平之主治醫師，有爸爸所有報告，爸爸有很多典型臨床症狀，也住院夠久。洪平之醫師有豐富學識，在區域級醫院上班，完全不應該做不出這個診斷——當然，也有違醫療常規。

一直以來，我覺得認真看病，是醫生「應該」做的事。現在看起來，這樣要求某些人，真是緣木求魚。

非常感恩盧醫師。

轉花米醫院後，亦有託付盧醫師，拜託轉告加護病房感染科司馬復醫師不要任用抗生素降階治療，一定要根據MIC，使用最有效（Susceptible）抗生素「美保平」。而「復達欣」只是中等（intermediate）有效抗生素。「臨床」效果當然不好。

教科書上寫著：感染性心內膜炎一定要使用最有效（Susceptible）抗生素，自血液細菌培養不再長菌開始，繼續最有效抗生素治療四到六週以上，甚至根據病人狀況，給予更久時間的有效抗生素，而非單憑醫師的經驗，隨意亂給抗生素，這樣非常容易引起抗藥性或治療失敗。

我也知道，盧醫師都有好心轉告司馬復醫師。但西都醫院司馬復醫師完全不管，任性、堅持他的抗生素降階治療……。之後的事，因為我非常生氣，開始介入的比較多，前文已經寫得非常清楚，就不想再寫了。

我也只能說：司馬復醫師，為西都醫院加護病房主治醫師，專長是感染科及重症醫學科，當然也是西都醫院感染科訓練出來的。若司馬復醫師能摒棄醫學中心驕傲，聆聽病患家屬訴求，秉持「醫病共享平台」的精神，或依規定審閱雲端藥歷，細心看轉診醫師病摘……就可知道感染性心內膜炎病患於急性期完全不適合使用抗生素降階治療。

亂用抗生素的結果，終致超級細菌產生。

西都大學附設醫院為醫學中心，依醫療領域當時當地之醫療常規、醫療水準、醫療設施、工作條件等客觀情況，均為南台灣之牛耳，這樣的發展絕對有違醫療常規。

仔細想想，原來，洪平之，邱大偉，司馬復都是西都醫院感染科訓練出來的！

實在是太神奇了！傑克！

除此之外，泌尿科岳嘉羣副院長更是從西都醫院調派到花米醫院的大醫師，更是西都醫學院兼任助理教授。西都醫院這個響噹噹的醫學中心，真是個特別的地方！

將心比心啊！醫生！

我實在非常想打電話到疾管局、感染科協會或西都醫院感染科辦公室，請問：院內感染造成的有症狀綠膿桿菌泌尿道感染，需要適當抗生素治療嗎？綠膿桿菌連續性菌血症沒有關係嗎？只要隨便打打抗生素就可以了嗎？感染科是這樣訓練醫師的嗎？不需要進一步鑑別診斷嗎？感染性心內膜炎不需要最有效抗生素積極治療嗎？可以於急性期抗生素降階治療嗎？西都醫院是這樣教年輕醫師的嗎？「實證醫學」是這樣的嗎？

更想問問衛福部或醫策會：醫病共享政策是單向溝通嗎？是醫生想幹嘛就幹嘛嗎？感染科醫生使用抗生素不用看所有檢驗報告？不用看雲端藥歷？只用經驗療法嗎？代班主治醫師就不用治療病人嗎？過年就不用處理病危病患嗎？

還有西都醫院的院長室只會敷衍病家而已嗎？

等我準備好了，我一定會去問的，我相信大家一定也非常想知道。我的先生怕我難過，叫我不要再想這些事。我一點也不想回憶，我一點都不想看病歷啊！

在大醫院工作，就像撐個保護傘，在傘下久了，可能誤以為自己很安全，很白皙，永遠不會曬黑。不是這樣的，這個「保護傘」，是用來捍衛病人安全、抵抗可惡的病痛。這個保護傘不是用來包庇醫護人員的，永遠不要誤以為在大傘這個涼爽舒適圈裡，下的就是聖旨，做的就是對事。只有半桶水，很容易被明眼人識破；不要輕忽，以為別人都不懂、都是笨蛋。

每位醫護人員胸前都別有一張衛服部頒發的「醫事執照」。這張薄紙，只要讀讀書、熬

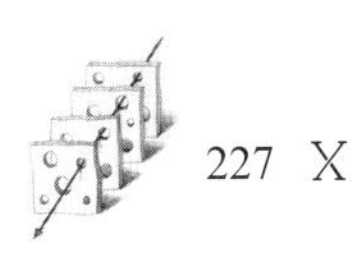

熬夜就可取得，不難、沒有什麼特別，很多人都有，不值得驕傲炫耀。

這張小小「執照」代表的真正精神意義，隨每個人的所作所為，有很大不同。

這張「X人執照」到底用來「醫」人？「救」人？「愛」人？「害」人？甚至是「殺」人？各憑良心，由每個人自由心證；這些完全沒有，也不須任何機關評核，「X」字是隨個人行為、表現來填上的。披上白袍待在象牙塔，不要就自以為是神。神是有良心、智慧，需要學習、體人所苦。我們都不是神，更需要加倍努力。追求職位與高深學位很重要，不單為了自己，更為了眼前的病患。這樣才不會有辱胸前小小執照，和身上白皙亮潔的衣服。

希望爸爸的故事可以提醒一些人，更注意「病人安全」，並喚醒某些人已經沉睡了很久的良知，一生謹記莫忘初衷，不要背棄「救死扶傷」的簡單念頭。

一些爛事永遠在我們身邊不斷發生，醫院工作的人都知道「醫醫相護」卻不去承認，只是掩耳盜鈴罷了。永遠只想當一隻鴕鳥嗎？還是只想當害死塞麥爾維斯醫師的主流醫生？我知道，這樣比較容易啊！我過去也算這種人啊！上天用一個非常殘忍的方式，讓卑微的我發現，這樣非常非常不好。

這是人命啊！一個人的珍貴生命。每位病患，背後都代表一個可能的精彩人生，一個家庭，甚至一整群家屬，我們有權利無視剝奪這些嗎？

穿著白袍，就是神了嗎？就可以輕斷醫療的是非善惡了嗎？

是否，該更努力想一想呢？

附上幾點我後來查了資料才知道的事，畢竟，我只是兒科醫師，不是樣樣都懂的，根據台灣專科護理師學會，病房專科護理師之工作職責含（與內文無關者暫略）：

一、協助病人進行各項檢查並追蹤報告。　看到沒有。

二、追蹤並監測病人病情、檢驗及檢查結果，發現異常狀況通知醫師，並作緊急處置。　看到沒有。

三、協助執行緊急救護處理。　看到沒有。

四、協助主治醫師之病情解釋。　看到沒有。

五、主動建立良好的醫—護—病互動關係，作為醫師與病人及家屬之溝通橋梁。　看到沒有。

就是有人完全沒有做到。

第十一章　消逝

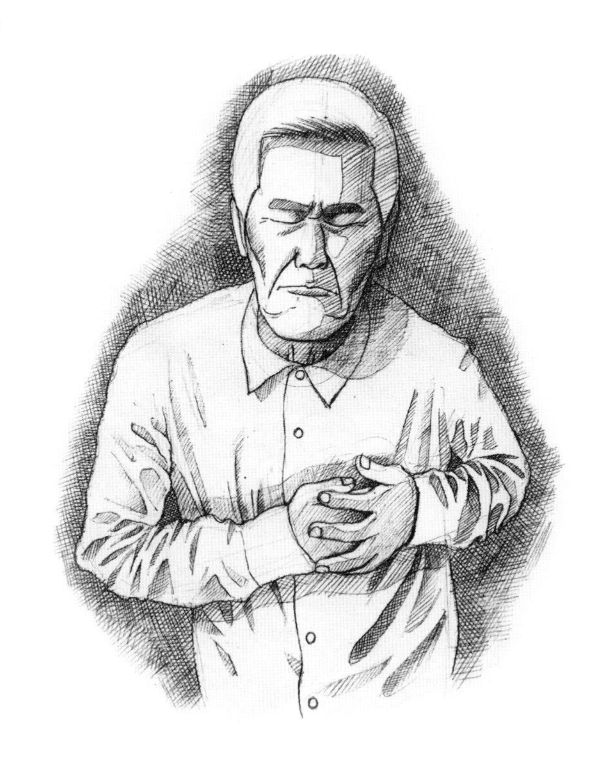

51. 罔效

二〇二〇年二月至三月

在陳醫師及加護病房全體同仁的齊心照護下，爸爸仍然安全地躺在加護病房床上，沒有突然心律不整、心臟停止或腦中風。我甚至懷疑，陳醫師及我都錯估了爸爸的情勢。

爸爸生病前，除了尿尿的事，身體還算硬朗，可以唱歌、玩耍、帶媽媽看醫生、上健身房，也沒有什麼糖尿病與高血壓，肝、腎功能亦屬正常。我甚至開始相信，之前花米醫院神經科醫師說：爸爸的記憶力不好，是感染造成，只要感染得到控制，腦力就會得到進步。

脫下醫師白袍，我只是個平凡人，面對親情，判斷力異常不好。我的天真，也許是很多病患家屬樂觀遮眼的想法。我甚至又開始動了幫爸爸開刀換瓣膜的勇敢念頭——雖然這次陳醫師和家人都不支持我了。

醫師開始慢慢幫爸爸減少鎮靜劑及肌肉鬆弛劑劑量後，爸爸沒有如期待的精神奕奕，常昏沉沉沒醒，只有零星幾個手部動作。

小妹說：「爸爸一直在睡覺，感覺更不好了。」

小妹殘忍地告訴我：「爸爸越來越差了，甚至感覺，爸爸的生命，在我們眼前，一滴、

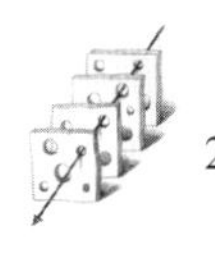

一點，消—逝——」

陳醫師也怕我過度幻想，告訴我，爸爸瓣膜上的細菌贅生物越來越大的事實。現在，只要將超音波探頭，簡單擺在爸爸胸前，就非常容易可以看到這塊神氣八拉的超級綠膿桿菌大結塊，完全不需要大費周章地做什麼經食道超音波。

陳醫師已經正式宣布：「內科治療，完全失敗。」

真的，真的是「藥石罔效」了。

不知道這帳該算洪平之、邱大偉、司馬復，還是岳嘉羣頭上？

52. 十字架

小妹非常自責，每天不斷不斷地哭。小妹一直問我，是不是這裡、那裡做錯？是不是只要這樣、那樣，就可以不一樣？

天啊！醫療責任的沉重十字架，竟要家屬來揹！無論這個家屬有沒有醫療背景？

如果沒有醫療常識，或無法緊盯醫生，發生所有事情，就算活該倒楣？我更相信，如果爸爸的事發生在沒有醫護背景的病家身上，所有真相，都不可能被扒開；冤屈，只會石沉大海。這是什麼爛世界？這是什麼爛醫療制度？難道，要怪我去翻這些爛病歷？

無論小妹問我幾百次，我都截鐵斬釘地告訴她：「不甘妳屁事！這是醫療的事。醫生的事。醫院需要負責的事。不甘妳屁事！」

我是大姊，斥責小妹住嘴，停止亂想，不要再哭。這些本來就不需要，更不應該由家屬承擔。相信爸爸也不要妹妹承擔。

然後自己一個人，崩潰地在家裡哭得死去活來……做著和小妹一模一樣的蠢事。不斷地、不斷地詢問自己，責備自己……。

其實將爸爸的遭遇短暫發表社群網路後，很多認識或不認識的朋友，公開或私下傳訊給我。大家給我許多安慰、關心我的身心狀態，更有很多人，提到家人心酸生病的故事，竟伴有無限地自責與愧疚。

好多人心碎提到「後悔……。」、「如果當初……。」、「一想到……。」特別當這些朋友有醫護背景，那種折磨，更是無法想像。

還有些朋友懊悔地說道：當時年紀太小，太無力，太……。

我非常心疼，一樣，我全都這樣回答這些朋友：

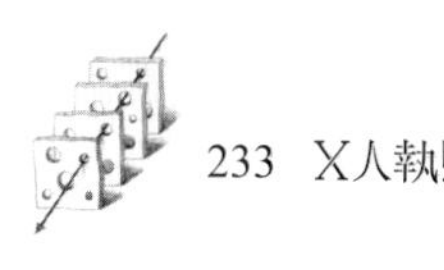

「不是你的錯！這是醫療的事，醫生的事，醫院需要負責的事。絕對不是你的錯！」

太痛苦了，我希望這些沉浸在悲傷、無法忘懷的朋友，放了自己，讓不甘，隨風而逝。我相信，愛你的家人，絕對不會希望看到如此。

如果很幸運的，你是在醫院工作的人，不要忘了，多點小心，少些傲慢，有些不幸真的會減少發生。我們每個人，都是非常重要的螺絲釘。

在醫院工作的人，絕對不要小看自己，更不可過於傲慢，膨脹自己，甚至輕乎別人。**醫療是很神聖高潔的事。**

53. TRM（後篇）

我在開始做 TRM 的時候，就一直期待希望利用**「團隊的力量」**，提升科內孩童安全。剛開始，不是每個人都信任我，有些人把我當作笑話，等著看我出糗；有些人，則像看連續劇，只是冷眼旁觀。但更多的夥伴，聽完我的想法，即使帶著一絲懷疑，仍然願意與我一起打拚，讓我們的科室更加進步。

還好「希望給寶寶更安全，更好的醫療。」不是一個奇怪的想法，大部分的人很容易認同，不需要太多說服。所以，只要很努力去做，去執行，跟夥伴上課、演練，慢慢地，就會進步。一定會有越來越多人願意一起衝到夢想的地方，力量就會凝聚，合作的團隊一定可以促進孩子們的安全。

這些事，只要是我身邊的朋友，都知道也明白，我們之間，經歷了一段又一段磨人又激情的故事。克服這些困難，是很令人動容的，所以我非常願意和大家分享。在分享的同時，我很開心地知道，台灣醫界，有非常非常多醫護朋友，有跟我一樣的想法，甚至眼光、見識比我高明許多。只是這次，我真的很失望，這麼大的醫院竟把「以病人為中心」當作口號空談。把「醫病共享決策」視為單向獨裁溝通，這是非常不可取的。

將來，我們團隊一定要更小心謹慎。相關於人命的醫療，出了差池，就是無窮盡的悲哀。每位醫護同仁都要更努力，更謙卑，盡力讓這個環境更好。

感謝我們醫院高層非常支持。

也謝謝爸爸，讓我更有勇氣，努力下去。

54. 氣切

二〇二〇年三月初

爸爸雖然沒有辦法脫離呼吸器，但爸爸的呼吸訓練似乎進行得非常順利；陳醫師建議爸爸可以做氣切（註1）。很多人排斥氣切呼吸這件事，其實換上氣切只是看起來可怕，但爸爸應該會輕鬆很多，我答應陳醫師會好好跟我家人說。

當然，我還是非常生氣這群醫師不好好治療，自以為了不起，養強了這隻綠膿桿菌。我多次告訴陳醫師，我已經把花米醫院的病歷調回來好好看了，非常好看，我迫不及待想跟陳醫師分享。陳醫師看起來有點害怕，但我的輩分比陳醫師高些，跟學弟開開玩笑，應該沒有很過分。某個程度上，我已經單方面把陳醫師當朋友了，我非常感激他這麼勇敢，照顧我日暮西山的爸爸。

我非常有義氣地告訴這位值得讚許的後進，保證不告他。學姊我非常了解醫療有其不可

註1：正常呼吸時，空氣會由鼻腔口腔進入呼吸道，再抵達肺部。氣切是會在頸部氣管做個切開，放進氣切套管，如此一來，空氣就可直接從氣切套管進入肺部。氣切是照護虛弱患者呼吸道的好方法，當恢復之後，也有機會能移除氣切，所以不要誤信：「氣切後，病人就會死了。」

確定性，無論陳醫師做了任何事，我承諾絕對不會發狂告這位優秀學弟。我很阿莎力，只有花錢影印西都醫院司馬復醫生部分的病歷而已。我當然有錢，不會在乎自費影印病歷這種小事。只是擔心知道太多，惹自己傷心。

相信只要把爸爸在西都醫院病歷也全部調回來，好好研究一番，以我柯南般的推理能力，一定也會發現滿坑滿谷的異常。當醫生很久了，醫療絕對沒有想像中單純、簡單；醫學可是藝術，需要多方思考、衡量。我不相信目前的科技，AI（人工智慧）可以取代醫生。

醫師只要盡力做好應該注意的事就可以了，人不可能永生不老。

人畢竟只是凡人，期待太多，絕對只是奢求。

55. 腦出血

二〇二〇年三月七日（六）

爸爸生病以來，我每天都很晚睡覺，常常和先生或小妹，討論爸爸的病情直到深夜、凌晨，也會聊聊孩提時代許多事，不管是開心、或傷心的。

我根本睡不著，這幾個月來，我的安眠藥已經吃到連我小孩都有點擔心的程度。

我沒有什麼餘力可以照顧我的家人。好心的同事都非常關心我越來越多的白頭髮，和泡泡呼呼的黑眼圈。一天二十四小時，我都很神經質地把手機放在身邊，比當住院醫師時還用心，深怕遺漏任何一通與爸爸有關的電話。

晚上十一點三十三分，一通電話撥來，應該是西都醫院加護病房的值班女醫師。她的語氣簡短、略帶緊張與焦急，說：「剛剛發現，病患的反射突然變得非常差，可能腦出血，希望家屬可以過來簽同意書，做電腦斷層。」

我很不安，急忙致電大妹。家裡離西都醫院很近，大妹很快就可以趕去加護病房。

「會是今晚嗎？」、「我該過去嗎？」、「會發什麼事？」、「要注意什麼？」

我像普通家屬一樣驚慌失措，完全沒有當醫師時的聰明冷靜。種種不好的念頭在腦中不斷浮現。我比這位值班醫師慌亂多了，我全身發冷，顫抖不安。

感謝我的先生，穩住我，問我：「血壓、脈搏、生命徵象呢？爸爸的生命徵象怎麼樣？」

我趕緊回撥加護病房，仍然是這位女醫師接的。這次，她的口氣已經比較鎮定了，真的難為她，這麼晚還不能睡覺，要處理爸爸的事。她告訴我，爸爸的生命徵象還好；她知道我是醫生，希望我轉告家人：「不能開刀了。」

我有點生氣，完全用主治醫師命令口吻，嚴厲告訴這位醫師：「麻煩，幫我爸爸會會神外醫師，我希望由神外醫師告訴我們，爸爸沒有辦法開刀的事實。我不要跟我的家人解釋。」這位醫師，猶豫了一下下。

我非常堅持，醫師很快就答應幫忙。感謝這位好心醫師，做完電腦斷層，會了神外醫師，清楚告訴我的大妹：爸爸沒有辦法開刀的殘酷。

我真的沒辦法跟我的家人解釋這種事，請原諒我的沒有禮貌和自私。

當晚，我拜託我的大妹，簽下不壓胸、不電擊的 DNR（見第一章註2）。

不斷向上天祈求，希望爸爸少受點苦。

我完全清楚這些，也希望大家晚上好點睡覺。

56. 公平？

二〇二〇年三月十二日（四）

除了整理病歷，我已經開始找律師。有一個律師告訴我，爸爸可能要解剖，我有點不解和生氣。明知道律師說的都是事實，只是我沒有辦法承受而已。

新聞說：漂亮的劉真仍然昏迷，放上了心室輔助器，還運氣不好的腦出血，緊急開很多次腦刀。

辛龍一定很難過，這麼喜歡，可愛的老婆，現在竟然和我倒霉的老公公爸爸搭在同一條船上，相信爸爸一定會照顧劉真的，爸爸是很體貼的人。

爸爸應該會很害羞，開心認識劉真這個漂亮小姐。

我又跑了一趟西都醫院，陳醫師找我，想跟我說說爸爸的病況。

陳醫師把電腦斷層的片子打開給我看：「右腦整個大片出血，中線都歪掉了。」

不用陳醫師解釋，我完全明白這是什麼意思——雖然我只是個沒用的女兒兼小兒神經科醫師。我站在爸爸的病床邊，幫爸爸做簡單的神經學評估——這是我會的，有需要就做，可以說是職業病。以前，幫別人的小孩做神經學評估，身旁是傷心的爸爸媽媽，我沒有想到，要執行在自己家人身上，竟這麼困難。

我偷偷拿起聽診器，想聽聽爸爸心裡的聲音。也許，爸爸可以感應些話語給我。但——沒有，只突顯我的無知與無力。我知道，除了長滿超級細菌的血液、附著大結塊的心臟瓣膜、不爭氣的腎臟、永遠排不盡的肋膜積水、亂七八糟的電解質……爸爸最重要的大腦，甚至腦幹，也都不大行了……我只能請醫師開張診斷書給我。這是律師囑咐我開的。

出加護病房時，我忽然想到要找鄧小華護理長，護理長恰巧不在，我倒有很重要的問題想問問她。車子奔馳在高速公路，鄧小華護理長致電與我。我問護理長：當初委託她親自轉告司馬復醫師的事，有幫我轉告嗎？這位過去沒太多情緒，講話鎮定優雅的總機護理長。不知怎麼的，開始有了點人性，聲音有點雜亂慌張。

總機護理長告訴我：她忘了，太多事，很難記得，她不確定有沒有告訴司馬復醫師。但是，她有轉告直接照護爸爸的醫護同仁。

我有點生氣了，當初我是哭著求她，拜託她當面轉告司馬復醫師，不然，我想請問那位被轉告的醫護同仁，有沒有收到這個訊息？有沒有轉告司馬復醫師？

電話突然斷了……。

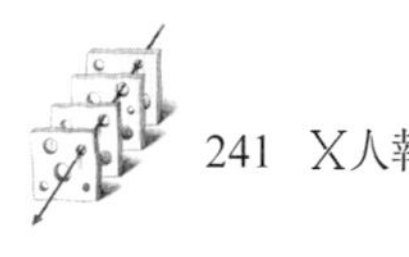

幾分鐘後，總機護理長再次致電與我，說電話收訊不好。如果沒有記錯，手機上顯示的號碼，是支可以錄音的電話。總機護理長說：她不確定有沒有告訴司馬復醫師，但是，她一定有轉告直接照護爸爸的醫護同仁——她不記得交代誰了。

我當然不開心，直白告訴她：「竟然忘記？我就當妳沒講。」「謝謝。」

總機護理長這次口氣非常急切，她覺得我這樣對她「非常不公平！」

我再次給她簡短「謝謝！」兩個字。毫不留情，掛掉電話。

現在跟我說公不公平？去跟我爸說吧！

我飆了一整路的眼淚回家……。

車下交流道，紅燈把我擋在車水馬龍的中正路口，突然，我想到了很多事。

光速每秒可繞行地球七圈半，是我們已知的最快速度，若超越光速，則可能穿越時間。地球上有一個東西，比光速更快，就是「思緒」。我突然想到很多，感觸更多；整個荒謬猶如八釐米電影，飛快在我腦海播映，無聲、黑暗卻立體、真實。

我不能再像老太婆一樣傷心哭泣，我有我自己的武器。

雖然微弱渺小，我希望將我的想法最大化。

我是個憤怒、悲傷、充滿仇恨，即將準備反擊的瘋狂女人。

爸爸的事，就是從這天，開始動筆。

我決定讓大家看看，這個血淋淋的黑色醫療故事。

57. 瞳孔

獻給姜

二〇二〇年三月十九日（四）

我把小說拿給我的同事看，她是個護佐，已經在我們醫院工作好一陣子，從我是陽春主治醫師時就跟我交好。她知道我很多心思，我也了解她許多心事，她背後有很多不願回首的過往。我的小說除了家人，沒拿給任何人看，想讓她試試水溫，我希望每個人都可以看懂爸爸的故事；畢竟，裡面有太多的醫療與健保制度，乏味無聊，是需要耐心看的文字。

我很害羞地印了第一章〈細菌人〉給她，我覺得這篇寫得不錯，只是有點難。

那正是新冠肺炎沸沸揚揚的時候，我的門診稀稀疏疏沒幾個孩子。短短的文章，她看了很久，低頭、不發一語。我不知道她是不是看不懂，或者睡著了？在一旁很是忐忑。畢竟這

些故事，希望有很多人看，不單為了熱賣。

終於我受不了，催促我的同事。她緩緩地站了起來，望著我，淚光瑩瑩。

她一字一句慢慢地說：「我想到，我的寶貝。」

「當醫生告訴我，孩子的瞳孔擴張了，我就知道了……。」

「我坐在急診的椅子上，竟然哭不出來……。」

「我突然發現，真正的痛，是完全哭不出聲音的……。」

她接著說：「我知道，瞳孔擴張，代表什麼意義。」

她嘆口氣說：「知道太多，實在是件不好的事……。」

雖然是護佐，沒有專業的醫療背景，但醫院待久，慢慢也學會醫學的一招半式。

她看著我，像望穿我的靈魂：「妳知道的太多了。所以妳才這麼悲痛。」

我啞然。

她淡淡地告訴我一個又一個關於她家人的悲傷故事，還有一些她懷疑醫療失當的過去。

她說：很期待我的小說，一定會一章一章看完，而且會推薦給朋友看。

每個人背後，都有很多故事；只是深埋入心底，終化作灰飛煙滅。

我很幸運，這輩子應該是帶著筆投胎的，文筆快得不得了。這是我過去完全不知道的事。在朋友的鼓勵下，我有了更多的勇氣。之後，小說寫起來，更為篤定、暢快，行雲流水。我想，之後一定會因為很多原因，讓我沒有辦法把小說寫完、沒有辦法把訴訟打完，但，我一定會努力的。

我不希望更多不該發生的傷痛持續發生。

我相信我的爸爸會在宇宙的某個角落幫忙我的。

58. 延命金

二〇二〇年三月

媽媽的延命金（一種我無法理解的紙錢）、湧泉穴溫灸，及傳說中法力無邊的藥師佛咒語，也許非常有效。

爸爸持續和他的超級細菌、爛掉的心臟、大片腦出血、泡在水的肺、岌岌可危的腎臟，一起奮力搏鬥、堅持。爸爸肖馬；原來，這就是不服輸的老馬精神。

我想了很多次，爸爸沒辦法瀟灑走的原因——絕不是他的怨恨，或對陽世家人的眷戀，

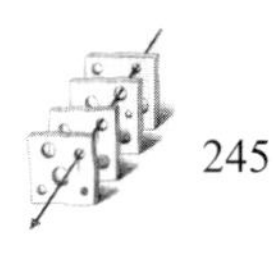

更不可能是媽的延壽大法。我猜，是爸身體裡的長壽基因。爸的身體實在太好了。老爸一向沒有糖尿病、高血壓、甚至連一丁點惡性腫瘤都沒有。所以無論是醫生或我們、都猜錯了。即使這麼糟的狀況，爸還是孤獨勉力撐著。

今天，西都醫院又致電予我，告訴我，爸爸CVC（中央靜脈導管）抽出來的血，做的血液培養，仍是綠膿桿菌。依加護病房常規，必須換掉這隻CVC。

我趕到加護病房時，CVC已經換好了，爸爸身邊有一台好大的洗腎機，低聲慢吟、規律旋轉，輸送紅紅鮮血——這是爸爸滿滿綠膿桿菌的血。每次洗腎，爸爸血壓就很糟糕，爸爸一定很不舒服。這可是我超級會「哎呦喂呀！」的怕痛老爸。

爸爸的眼尾，有一道白白長長的淚痕，沿著爸爸的臉頰、耳朵消失在髮際，老爸應該很痛吧？放CVC（中央靜脈導管），應該非常不舒服吧？

爸爸不會說話，也沒辦法動了。我想，他應該還是很痛、很害怕吧？

我不知道因為CVC的血長菌這種爛理由，已經讓爸爸換了幾次CVC。是四次？還是五次？我搞不清楚，因為我不想再去翻爸爸的病歷。

我還記得，初入加護病房，我們苦苦拜託司馬復醫師，幫爸爸置入可以估計體液多寡的CVC，還有用來排放肋膜積水的胸腔引流管。司馬復醫師竟然還拒絕我們——瞎說現在醫生不會放這麼多管子？還胡說這樣對心衰竭比較好……。

是啊，我是什麼都不懂的老古董，爸爸現在除了 CVC，兩隻每天各出來六百多 cc 的胸腔引流管，還有完全無法移除的氣管內管，更不用說胃管、尿管等一大堆管路……。

我只要想到就心疼，還有數不盡的生氣，咬著牙對專科護理師說：

「除非滲血、塞住，不要再去動我爸的 CVC 了，我爸爸血裡滿滿都是綠膿桿菌，怎麼做培養都會長菌的！」

「他是人！他會痛！他還會流眼淚！饒了他吧！」

我覺得，這位專師很無辜。當然，她也有可能暗笑我學什麼鬼瓊瑤劇的誇張馬景濤。

後來有天，大妹轉告我，可愛的護理師問她：「大姐為什麼這麼生氣？」大妹笑笑，請護理師自己來問我。

不過後來因為新冠肺炎，加護病房探病的時間、人數限制越來越嚴苛。一天只能一個時段，一次只容許一個家屬探望病人。我告訴妹妹、陳醫師、西都醫院，我非常忙，沒辦法再去。其實，這只是藉口。我根本沒有勇氣再去看我所有反射幾乎消失的爸爸……。

呼吸器現在，一分鐘永遠只打十四下，爸爸太累了，沒辦法自己呼吸了。

爸爸可能忙著跟超級綠膿桿菌打架，沒辦法理我們了。

我跟爸爸一樣，都是膽小鬼啊。我一點也不想演瓊瑤劇，我最討厭誇張的馬景濤。

我離開加護病房，順道找大妹吃飯，我成功在玄天上帝廟裡，捕獲大妹。大妹實在太多疑惑，卻無能為力，只能到廟裡為爸爸祈求消災、問事解惑，不像我很多事要做。如果，爸爸的事告一段落，大妹住到廟裡我都相信。

車行進中，一個恍神迴轉，我就被一個字很醜的鮮肉警察逮住。鮮肉警察不理會我提到爸爸病危，心亂如麻，開了張小額的罰單給我，還祝爸爸趕快平安！

我將來一定會把這張粉紅單燒給爸爸，感謝爸爸提醒。

將來，一定更加小心交通安全。

59. 隔離衣

二〇二〇年三月十九日（四）

每天新聞不斷放送新冠肺炎疫情，現在已經提升成全球警戒。每日得病率與死亡率都不斷攀升，人心惶惶。

醫院三不五時，也會收到疑似新冠肺炎的孩子。有的聽來很可疑、有的感覺只是媽媽的神經兮兮（比如說：十天前和疫區回來的健康姨婆吃了頓飯後，咳嗽發燒）。沒有人敢多說什麼，小孩很可愛，但也很危險。

隔離病房是專門收治疑似患者的隱密聖地，這是第二次世界大戰以來，全球性的大瘟疫，是個多變無人理解的怪病；一般人不喜歡接觸，就由我協助幫忙照顧這些孩子。穿全套隔離裝備需要技術，護理姐妹很體貼，細心教我按標準流程一步一步穿著像兔寶寶一樣的厚重裝備。我心裡當然緊張，只能打哈哈比 Ya 自拍，消減心中不安；我實在太矮了，著裝後笨重可笑一點都不帥氣。

穿雙層隔離衣，戴 N95 口罩，進負壓隔離房，解釋病情，採檢體……。我的肺活量沒有想像中的大，一下子就氣喘吁吁。出隔離門，依標準 SOP 脫雙層隔離衣，鼻子被壓得紅通通；穿第二次隔離裝備時，我已經累得不想講話。我想，護理姐妹應該很感激我閉嘴。

做完處置，離開負壓隔離病房時，隨口問了這些同仁，她們說，每天穿脫十幾套隔離裝備，已是家常便飯。一開始，每天還會數穿脫幾次隔離衣，到後來，就麻木了。而急診人員更是辛苦，常常整整八個小時，戴著令人窒息的 N95 口罩，穿著密不通風的隔離衣，東奔西跑，完全不能休息，真令人心疼。

我們醫院，幾乎每天進行防疫會議，做各項檢討措施。沒有人知道這個情況，做什麼是真正正確的，但每個人都努力地在自己崗位上盡心努力。之前醫院物資不足，讓我很緊張，但在院長的努力下，現在口罩，隔離裝已較不匱乏，院長每天也會調整最適合的防疫對策，很是偉大。

我看到新聞報紙上，很多人都排斥醫護人員，甚至不願意與他們同桌吃飯，真糟。想想醫院所有防疫人員的辛勞，尊敬之心油然而起。像我今天做了採檢動作，和疑似病童直接接觸，其實心裡也是毛毛的——不知道這幾天可不可以回家，更不用說抱小孩了。

我很感激這段時間努力的醫護同仁，還有勇敢願意和我說話的人。

沒有人希望自己變成超級傳播者。

60. DNR

二〇二〇年四月初

爸爸的右眼皮，長出奇怪的酒紅色水疱。皮膚科醫生說，這是帶狀皰疹。

即使開始藥物治療，三天後，爸爸的帶狀皰疹仍然大肆爆發。我沒有看過這種情形，我先生去查了一下，這叫「瀰漫性帶狀皰疹」，代表爸爸的免疫已經爛到一個地步。

妹妹說，爸爸的頭、手、腳很多地方，都有這種波爾多色的紅疹水疱。

二〇二〇年四月六日（一）

凌晨兩點，小妹很生氣，噹、噹、噹的在Line傳了一堆文。

小妹和媽媽吵架：小妹覺得媽媽燒延命金、拜藥師佛，害爸爸沒辦法好好走。

我笑了笑，回傳妹妹，媽媽應該拜達文西，達文西才是外科之神，才會幫爸爸換瓣膜。

小妹有點傻眼。我接著罵妹妹，爸爸會活下來，是升壓劑，絕對不是延命金，拜拜是絕對延不了命的。

然後我心中做了一個決定。

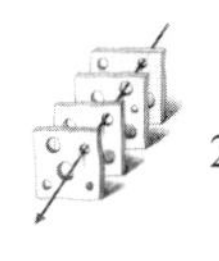

一大早查完房，我就打電話給西都醫院的加護病房。專科護理師接的，我直接表明我的身分，她的口氣有點警戒，疑惑我打這個電話的意圖。客氣地說，她不了解病情，並客氣地拒絕我，希望我別在這奇怪時間會主治醫師（陳醫師休假，目前由另一個主治李醫師代理）。

這時間李醫師正在看門診，所以專科護理師詢問我，可否週二再過去找李醫師。

我回答專師，爸爸的病情，我非常了解，不用任何解釋。我直接表明想更改DNR的想法，不會花李醫師很多時間，也絕對不會找大家麻煩。我想和主治醫師談談，如何簽DNR，並且跟我爸道別一下，不會花很多時間。

因為，明天，我的決心，可能就沒有了。

非常感謝，李醫師答應下午一點半可以見我。

四月六日是清明節的隔天，依舊細雨紛紛。中正路上的粉紅風鈴花團錦簇，美得荒唐，是柔柔撫慰我欲斷魂的心情？還是嘲弄爸爸發生的整個蠢事？高速公路怎麼滿滿車龍？連上天也阻攔我嗎？我可不是這麼容易屈服的人啊。

我終於知道後來為什麼不大愛來看爸爸了，步步都是艱難。

到了西都醫院，我的先生先開車去溜搭。下車，過防疫，測體溫，過健保卡，蓋手章……新冠肺炎搞得大家好麻煩，一次只能一個人進加護病房。我直上二樓加護病房，剛好一點三十三分，應該沒人會埋怨我的不準時。按鈴、表明來意，護理人員要我稍待。

我沒有見過這位新的醫師，直接表達是來幫爸爸簽 DNR 的想法，因為不想爸爸這麼辛苦，希望李醫師幫忙解釋 DNR 的簽法。這個，我不是很懂。

偶爾，我會為了爸媽的依戀，做了很多強留孩子的積極治療——其實，我覺得這些孩子很可憐。我不想老爸再做這種無聊的努力。

李醫師說：DNR（不施行心肺復甦術）分不同階段，不只是要不要壓胸、電擊，還包括是否選擇洗腎、抗生素的給予、升壓劑如何調量、TPN 及每日營養的選擇……。

李醫師說話很快，讓我有頭暈的感覺。

這位醫師，是負責加護病房開立 TPN（靜脈營養）的醫師，他比我想的更加周到——包括爸會不會餓、將來容貌的問題等等，是位非常專門盡責的醫師。這些選項，對頭腦混亂的我，異常困難，非常後悔沒帶我先生一起來商議。

畢竟，新冠肺炎期間一次只能一個人進加護病房，能在這個奇怪時間，特別通融開放方便之門已非常感恩，哪可容許兩個人。

這位醫師非常體貼，豪爽地說：「妳先生沒辦法上來，我可以下去。沒關係，我下去找他，跟他解釋清楚。」

乾脆！我喜歡這樣。就這麼簡單，我直接拿起筆不再囉嗦，在妹簽署的DNR旁，加了新的註記，標上時間，和我的名字。

這是我可以幫老爸做的最後一個事情。我多次謝謝醫生。加護病房特許我多些時間看爸爸，今天的護理師，是我最喜歡的一位：我喜歡這位護理師喊我爸「阿伯」的聲調、柔柔摸摸老爸大手的樣子，這是爸爸從小做盡農事的粗厚雙手，現在已經癱軟，不用再加任何約束。

多年潛伏在爸爸身上的病毒，終於不再靜默，整個爆發。恣意竄生，耀武揚威漫延在爸爸身體。

爸爸的殘破，成了病毒、細菌狂飆的歡樂舞廳。

小時候，我聽廣播電台賣藥郎中說：「帶狀皰疹，兇猛異常，若如巨蟒纏繞身體一圈，這個人，注定死亡！」

過去，我認為可笑，帶狀皰疹沿著神經節長，怎麼可能繞過一圈。現在，我親眼目擊，終於知道怎麼回事。

如果人生就是不停地戰鬥，每個人可以選擇不同姿態殺敵——運氣好的，是一刀斃命的暢快；不乾脆的，就嚐盡一點一滴地搾乾、耗竭，這是種折磨。

爸最傻了，選擇後者，真符合他的個性。

應該痛到不痛了吧——爸只剩四十多公斤，一身枯瘦皮包骨。

我希望爸爸別再戰了，太累了……。

那幾天的新聞：

柯文哲看完劉真，只勸辛龍：「放手吧……。」

劉真一定希望好好美美地走。

爸一定也是，他喜歡自己帥氣的樣子。

既然我們都知道，讓我來做這件事吧。

爸爸，千山獨行，暫不相送。

後會有期。

第十二章　備戰

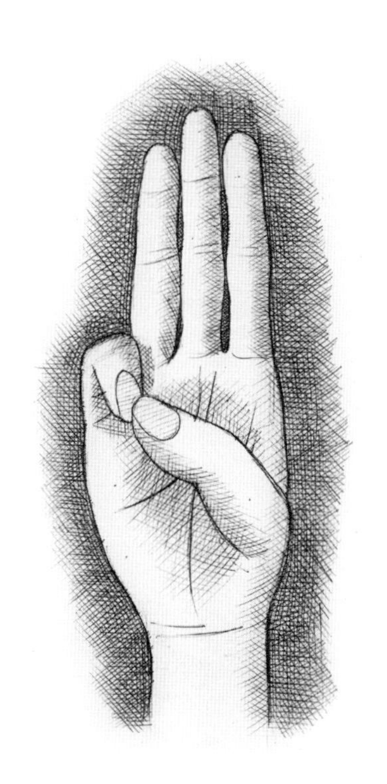

61. 律法

二〇二〇年四月

我又諮詢了醫學法律相關專家，現在身為醫師又同時修研法律的能人很多，剛好我認識幾位，之前已經請教過專家，這次拜託這位同事參謀。他聽了我的激進想法，給了我善意提醒，要我千萬小心。

他張大眼睛嚴厲警告我，這些大醫院可不是吃素的，他看盡太多大醫院幹過的卑鄙小事。還說，若是提出醫療訴訟，等於犯了醫界大忌，一定會招致各方大老高層對我問候關心，甚至施壓我工作的醫院，讓我無地生存。這位學法律的醫師認為：若我單單為了父親的悲痛丟了工作，實在太划不來。他說我實在太衝動、太天真，苦勸我三思，勿愚蠢到看不清楚醫界法界的真實面目。

原來，當病家疑惑是否發生醫療糾紛，希望探究病患為何造成傷害，或想捍衛自己或家屬所認定的權益，得到的只是責罵或潑糞。連動一點點這樣的念頭，都是禁忌。想想，病患真的好悲哀。

某些事，真的是「不能說的秘密」，跟「不能說名字的佛地魔」沒啥兩樣。「醫療糾

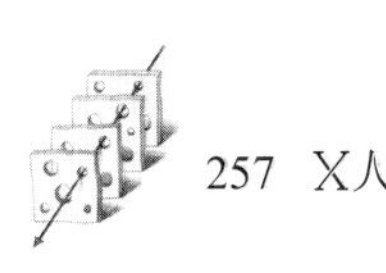

紛」、「醫療過失」真的是台灣醫療界「最危險、最黑暗的事」——即使了然於心，只能噤若寒蟬。非常感謝這位醫學法律專家，聽聽別的聲音總是好的。

現在全世界都知道我是衝動派，不只是玄天上帝而已。但神明也曾明白指示：凡事可以說，可以做，只是不要衝動，仔細考慮清楚即可，我一定會步步為營。

我又拿出了我的小寶典《醫療爭議處理參考手冊》——寶典真是好東西，我現在已經把這個小聰明影印一份放在筆電旁邊了。

我仔細研究了：在Q1-6：「處理醫療爭議事件常見的途徑有哪些?」

一、直接面對醫師

因為爸爸的事，實在牽涉太多醫護人員了。而且，我相信「溝通」就是有障礙，所以才會衍生糾紛，對這些醫院或醫護人員而言，「溝通」永遠只能是單行道，非常不好。更有甚者，我很怕看到這群人真的會發生暴力行為，這樣我就會名正言順地被抓去審判，扣上惡人的帽子。這太划不來了，我還不至於這麼衝動。我很快槓掉這個無腦選項。

小寶典真是個心地善良的孩子。一般醫療糾紛，這個建議很不錯，大家不妨試試。正常的醫生會誠懇告訴病家，困難在哪裡。畢竟醫療有其極限，人不可能一生無病無痛，更不可能長命百歲。相信大部分的醫師，都是盡心盡力，不希望遇到這類無奈的事。

二、直接面對醫院

我已經給花米醫院寫過院長信箱，經過了N個工作天，社工也回覆我。果真小寶典說的都是真的。大部分醫院都有一套「標準」醫療爭議處理作業流程，病家往往得面對長時間、層層裁示的跑文件過程，始終無法與相關人員對談，即便有人出面處理，往往也不是握有決策權的人。小寶典很誠實，都有警告，是我幻想太多，大醫院是不會鳥這些事的。

這封院長回函，非常好玩，完全亂回一通，還蓋上標準流程需要的「院長章」。將來我在科內回覆公文，一定會更加小心，不流於指鹿為馬，顛倒黑白之輩。有眼睛、有頭腦的人看到，牙齒一定會笑到掉下來。

而西都醫院，老愛說：「我們的團隊非常優秀，和妳們區域醫院不一樣，妳要相信我們的專業團隊。」我不知道我們醫院到底得罪西都醫院什麼？不過單講到「醫病溝通」這點，西都醫院真的和敝院不一樣。

加上西都醫院護理師在我氣得想去打醫師時，只是冷淡地對我說：「去啊！反正院長室的人只會敷衍妳的。妳又不是不知道……」我想，在這個「公家醫院」工作的人，是最確實

了解其文化的。我當然不會再自討沒趣。我是個非常了解官場文化的識趣傢伙。我每天都有看電視。所以，我再次槓掉這個不適合我的選項。

三、尋求民間團體協助
四、聯絡民意代表關切
五、訴諸媒體

小寶典針對五有如此評論：大多數醫療爭議病家認為透過媒體的公布，有可能對醫師或醫院造成壓力，增加談判籌碼。但事實上，仍需審慎評估。原因如下：

（一）其對醫療院所產生的壓力的大小，可能因主事者心態、醫院規模、知名度不同而不同。有些高知名度的醫院／醫師認為，不愁沒有病 人上門，並不在意曝光後的影響。

（二）媒體通常需要平衡報導，所以會同時採訪醫病雙方對事件的看法和回應。

綜合以上，因為我真的是個非常低調的人，所以暫時沒有選擇第五點。不過，我不排除將來會做這件事，如果非常有必要的話。

而且，我了解寶典說的：「規模大的醫院和高知名度的醫師認為，不愁沒有病人上門，並不在意曝光後的影響。」對於這些大醫院和大醫師們，我覺得他們的膽子真的非常大顆！什麼都不怕！很勇敢。

至於三、找民間團體協助和四、聯絡民意代表關切，雖然非常不符合我的個性，但狗急可是會跳牆的。我已嚐遍冷暖，非常能同理被害家屬會這麼做的想法。

六、向衛生局求助

對醫療過程有疑義時，可向醫療院所所在地的衛生局求助，通常由衛生局先進行調解。根據醫改會調查，全國平均的調處成功率約三至四成，不失為一個釐清醫療爭議之管道。

七、提出法律訴訟

由於司法檢察體系的行政作業流程繁複，一旦走上法律訴訟途徑，就需靜待司法檢察機關的偵查、傳喚開庭、審判……過程極費時，甚至可能纏訟十數年仍未能解決。（以上順序我有略為更動。）

我努力閱讀小寶典，一而再、再而三地認真思量第六、七這兩點，重新沙盤推演了所有法界專家給的建議，及與智囊團冷靜討論。

終於，決定先拿資料去衛生局。畢竟，我真的是個厚道的人，我想聽聽這些醫護人員的講法。「雙向溝通」，真的非常重要，我真的願意給大家一個機會。

律師知道我的轉念，嘉許我終於想開、不再瘋狂，建議快上西都衛生局網站，下載「西都市政府醫療爭議調查申請表」還有「西都市政府衛生局委任書」，很快把原來的「刑事訴訟狀」改成「醫療爭議之要點」。改些稱呼、形式，非常迅速簡單就完成！

我還特別體貼，寫了一封信給花米醫院的院長。因為，我完全可以體諒院長大人不是純內、外科系的醫師，沒有辦法理解簡單抗生素使用原則，和內科醫師「鑑別診斷」的重要；更無法參透外科醫師開刀失敗、院內感染有哪些醫療常規、該如何處理治療，畢竟隔行如隔山。雖然，我已經寫得非常非常清楚。（大家從我的文章，應該可以知道我是個周全的人。當醫生，某些特質一定要有：如看報告、查資料、真心關懷、積極治療病人等等都很基本重要，耍嘴皮子倒是次之。）

我真的非常非常擔心，院長非常忙碌，容易被蒙蔽，以為某些人「風評很好」、「位處高階」，就不可能做什麼奇怪的事、就一定會訪視病人，知悉每個報告，給病患最適當處置。我特別寫一封文情並茂的信叮嚀院長大人，請院長多多詢問其他醫師意見，別再隨意答覆我了。

當然，對於西都醫院，我也一樣對院長室和護理部寫出我的心聲，我想這些高級管理階層如果有心，一定可以理解。只是，不知道哪兒是西都醫院高層及護理部，真正「心的方向」？

62. 生命計價

這是最後一次，到加護病房看爸爸。我輕輕跟爸爸道聲再見、和他說了我的想法，就直奔西都市衞生局。新冠肺炎疫情仍未結束，到衞生局見官員有點麻煩，也是要戴口罩，量額溫，噴酒精等，做些很衞生的隆重事。

接洽我們的，是一位非常良善的女官員，接下我們的資料，非常婉轉、客氣地詢問我們：訴求是什麼？明白地說，就是期望得到多少「賠償」。

女官員說，爸爸年紀很大了，台灣一般這樣的案例，賠個二、三十萬已是最多。她希望我們可以看破、認清，了解台灣的法律就是這個樣子。她希望我們不要有太多不切實際的想法，畢竟「法院真的就是這樣判的」。

我們告訴女官員，我們有醫療背景，也非常詳細看完病歷，查遍很多資料後才來衞生局求助。這是不應該的，醫院、法院甚至衞生局，都不該縱容這些事情發生。

這個女官員露出了微笑，語帶曖昧地告訴我們：「那是你們看得懂，大部分的人，都看不懂。」原來這些事一直、一直不斷在我們身邊發生、上演，其實你我都心知肚明，只是不敢戳破，也不願面對而已。

女官員還告訴我們，若衛生局協調失敗，事件進入司法程序後，還須經「醫事鑑定小組」鑑定，才可知道是否有醫療疏失，醫療疏失絕對不是由你我判定。我當然知道，我早查過小寶典了。從善如流，我們隨手亂填個金額，就把資料留給衛生局的客氣女官員。

我覺得「生命計價」這個說法非常有趣。

我是兒科醫師，聽過不知哪來的馬路消息，一個初生嬰兒的行情價，約是新台幣一百萬元。但那是「罪證確鑿」的情況，一個小寶寶最多，才值這個價，因為醫療疏失的比率不同，醫方不一定需負全權責任。如果傷心的病家提出訴求超過這個金額，保證被視為「非常貪心」，絕對被冠上「獅子大開口」的罪名。不過，這是聊天嗑瓜子的時候，隔壁歐巴桑跟我說的，我不知真假。

衛生局女官員告訴我，一般的賠償，需考慮國人平均壽命，這樣的賠償金額，才不叫「漫天喊價」。

這個我也早查過，以內政部二〇一九年十一月公布的「一〇七年簡易生命表」，台灣國人平均壽命為八〇．七歲，其中男性七七．五歲、女性八十四歲，雙雙創歷年新高，也都高於全球平均水準，非常厲害！以此類推：一個七、八十歲的老公公行將就木，當然法官判你賠個二、三十萬，已是高估，沒啥好說。

原來，法院中，生命如此計價，真是輕如鴻毛。

我在這裡非常恭喜所有的內科醫師，真的比兒科醫生划算多了，將來，如果有一百多歲的老公公、老太太，不小心弄升天，應該有機會反過來大賺一筆。我覺得這樣很奇怪，如果是真的，我們的法律非常有趣。早知道就走老人科，而且專攻壽命八〇．七歲以上的老人家。不過，我後來又去查了「平均餘命」這個東西，就不想在這多說了。

我一直是個叛逆的人，我非常想知道，我們國家的法律，到底站在哪裡？我們的檢察官，是否真能行使公權力？我們的衛生疾管單位，是否真在乎醫院感控？我們的醫師，是否真的把「病人安全」放在第一位？

二〇二〇年四月二十七日，爸爸的故事，完全按著計畫寫完。

窗外的粉紅風鈴花，早已落光，只剩下滿滿綠綠油油的葉。我抬頭，看著又高又藍的天。天上突然飛過一架 C-130 力士型運輸機。

隱約，白白團團的雲間，我看到健康帥氣老爸好燦爛的笑臉！

我就知道，爸爸永遠永遠會守護我們！

63. 自由幻夢　後記：

為什麼寫爸爸的故事？

因為，法律僅能陳訴片段。我想讓大家知道發生什麼事。

我想讓這些醫者親眼看看，這些可憐病人與家屬求醫時遭遇的無助與悲哀，這本來都是可以治癒的疾病啊！我不知道這些醫療人員的良心過得去嗎？

我希望所有在醫院工作的人們，可以更謙卑地用「心」面對所有疾患。

為什麼很多事會清楚記得？

除了我的超強的記憶力（我畢竟有一年讀完三年書的本事），就是我和家人間留下滿滿Line記錄。那段不堪回首的日子，我們真的很關心爸爸，每天每天點滴討論。當然，寫得非常詳盡的病歷，有更大功勞。

我爸不是遊民，他過去有正當的職業；我們也不是天邊孝子，我們有四個很愛爸爸的兄妹，還有一個用很奇怪的方式愛著爸爸的媽媽。我完全無法想像，一般人遇到這些爛事，只能徒留疑惑、不甘，悲憤一輩子。但每個人一生都有機會成為病人。沒有專業醫療背景，怎麼可能知道會發生這麼離奇的事？我想爸爸現在應該還很得意，曾認識他的權威痲吉；但媽

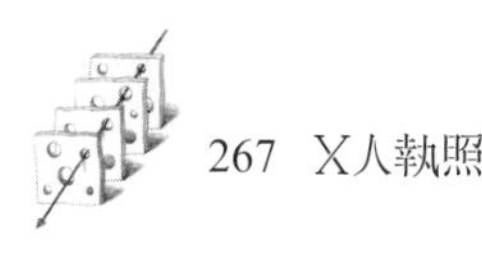

媽根本完全崩潰，仍沉浸在悲傷中，每天跟親戚抱怨，完全不知道爸爸發生什麼事？

這些不認真診斷、不小心治療、隱瞞欺騙病患、對待病患不用心、犯了錯誤也不承認……種種爛事還是一再發生。這些全都需要虛心檢討的，而不是單上法院吵個輸贏，就可痛快解決。

我的父親已經離世，病端永遠是最大的輸家，「一條生命」是我們付出的最大代價。大醫院有錢、有資源、有律師群，甚至還有專業的法務室，根本完全不怕耗點時間，纏鬥法庭。《醫療法》第八十二條修正後，更大幅減少醫療刑事責任，即使醫審會的鑑定報告認為有醫療過失，法官還是可能宣判無罪。畢竟小寶典也說，刑事判決講求「寧縱勿枉」，基本原則是「無罪推定」，只要仍有合理可疑點，就不能判決有罪。

在台灣，吸毒喪失辨識行為殺媽媽：「無罪」；思覺失調捅死警察：「無罪」。法官認定依法判決，卻完全背離社會基本認知。但百姓大眾只能被動接受嗎？不該省思？不能改變？難怪林奕含、衛生局女科員的冤屈吶喊，如此微弱卻震盪起滔天巨浪。但得到了什麼？陳腥和執行長「依法」完全不需負責啊！

大醫師可以亂建議、亂開刀？院內感染不告知，放任長時間不治療，住院也不妥善處理診斷。只要放假，醫護人員就可以閉著眼睛一概漠視嗎？抗生素使用也是感染科說了算，完全「經驗法則」，沒有實證醫學，更不可能有什麼正確的 SOP。「醫病共享決策」更是荒唐可笑，醫病雙方所得資訊本不對等，一般民眾哪知道高級醫生在供三小？醫生懶惰不查雲端藥歷。就算病方提出質疑，也沒屁用，醫師是不會用「心」對待你的。竟然連標榜溫柔的白衣天使，也是公事公辦到如此冷酷，完全不知醫—護—病之間的「橋梁」在哪裡，非常令人心寒。種種錯誤累積，可是會死人的。

不過說這些都沒用，只在狗吠火車而已，只是寫寫可憐文章哭夭而已，這些大醫院大醫生是不會，也不願意有任何檢討改變的。

如五月的衛生局協調，岳嘉羣、洪平之、邱大偉拒不到場，只派了兩個搞不清楚的社工來當砲灰，連我都同情她們，不忍多做苛責。見微知著，可明瞭花米醫院視病家如草芥的公家大醫院心態。

衛生局當日的協調，除了花米醫院醫師全拒到場外，衛生局指派所謂的「法界公正」調處委員，表現進退失當、令人無言。我個性一向溫和的先生非常氣憤，惱怒這些公家人員的目空一切。而我，只有對我家人無窮盡的抱歉……原來，我的父親因為相信台灣醫療而逝世，我們想搞清楚為什麼，還有卑微地想改善些什麼的想法，被視為不理性的任性胡鬧。只得到汙辱、不堪。若有機會，我一定會明白陳述當日發生了什麼，非常糟糕。

唯「醫方」調處委員，陣容堅強，表現可謂稱職。西都醫院的協調，有誠意許多，相關醫、法人員大陣仗出席，一般市井小民可能會嚇死。當日也有一些非常特別的事，令人不勝唏噓。原來，人世間的混沌因果，宛如蝴蝶效應，點點滴滴，皆有連鎖。為此我立下更多目標，期盼完成更大志願。這些都是上天及我的爸爸暗許我做的。有機會，大家一定也會知道何處特別。

相較我的家人，其實我做得最少。很感謝我的家人支持幫忙我，讓我用顛覆世俗的方法愛爸爸。小妹一直很擔心，害怕我受到攻擊。每件事我都是想過才去做的，我會盡量小心。病歷、檢查報告、Google 、Uptodate 等都非常詳盡，我不需要自己發明，文獻上都有佐證。寫文的時候，我有多次確認，與真實不會有太大差異。我不像某些感染科醫師，可能不看書、不看檢查報告，當然也不查房、不解釋病情或光練太極拳。

我的家人出乎意料贊同我做這些事，我不知道跟玄天上帝有沒有關係。

我的家人，無論從醫與否，都希望爸爸是最後一個這樣被對待的人，因為這是不好的。如真有賠償，我們家人一致同意成立一個病安獎金，貢獻給願意為「病人安全」努力的團隊——如果我一直在朝英醫院上班，當然是獎勵朝英綜合醫院的朋友。我爸爸應該也會舉雙手贊成——我很了解他，我的爸爸一直教導我們要明辨是非。**我的爸爸終身為師，樂於為師，驕傲為師**。我私自認為，這份苦難是神明給我父親一生最後一個難題，最大一個考驗。神明殘忍地希望透過我父親的肉身，還有我的筆，想告訴大家這是不對的。

冥冥中，我真的聽見佛祖告訴我，要我去做某些事。我非常非常痛心，怨恨佛祖，怎麼如此無情對我爸爸，他是很好、很普通的一個人啊！一點都不想有什麼神聖使命。**我的家人也都是非常純樸善良的人，我不希望他們受到任何傷害**。

對了！為什麼一直強調我先生很帥呢？因為這位帥哥，在第一時間就不斷問我：「綠膿桿菌哪裡來的？」非常聰明，這是所有問題的真正答案。這位帥哥一直給我很多體貼包容、專業醫療建議，更與我同仇敵愾。這點衛生局的官員也有發覺。我不知道如何感謝他，就只能一直嘴甜誇他帥氣而已。

實在應該早點調病歷回來看；或者從頭到尾，就不該調病歷回來——無知，有時是最最幸福的一件事。真相只有一個！聰明也是一種帥氣！謝謝家裡大小帥哥給我暖暖滿滿的愛。

爸爸滿七這天，我們全家把一台車，一棟大房子，還有幾個億，燒給爸爸。當然，我偷塞了我的文，還有粉紅色小罰單。

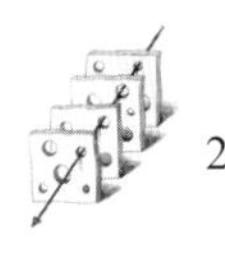

朔風野大，紙灰飛揚，我輕吻了手指，做了一個三指朝天的手勢，代表對我父親的「感謝、尊敬、與道別」（註1）。

我努力拜託爸爸，保佑所有家人，包括很盡責、字很醜的鮮肉警察先生。

更祈求爸爸，保我功成、佑我平安。

謝謝很多陪我走過，還有看我文的親戚朋友。

也謝謝所有曾安慰我的新舊朋友，非常溫暖。

紙短情長。

千山獨行，不必相送。

註1：暢銷小說改編電影《飢餓遊戲》中，有一個親吻手指，然後三指朝天的動作，這個手勢意味著「感謝、尊敬，還有對所愛的人說再見」，之後引申為反威權主義，是象徵著自由、平等、博愛的強大符號。二〇二〇年，泰國陸續出現由年輕世代主導的示威活動，要求政府改革專制獨裁、檢討君主制度。越來越多學生以高舉三指這個「抗暴手勢」向學運致敬——這代表「反極權」和「反獨裁」的反抗精神訴求，而許多學生因此被捕。

給小妹：

小妹跟爸爸的感情最好了。還好爸爸最後這段意識比較清楚的日子，身邊有小妹相伴，不會太寂寞。爸爸對小妹說了很多心裡話。就當是遺言了吧。我們一定要做到爸爸的期望，不會很難的。

小妹不像我，任性、自我，想幹嘛就幹嘛。小妹很羨慕我這種自由自在、往前衝，不爽就離家出走的性格。我應該跟瀟灑任性阿公，流著同樣的血。

之前爸爸就告訴我，小妹最乖、最聽話、最孝順，但過去太固執、想不開，曾深陷泥沼。爸爸一直希望我多勸勸小妹，只是，我是鋼鐵血娘子，很多話說不出來、更不想管。

小妹現在嫁給一位公家機關工作的測量師——爸爸曾經告訴我，他覺得很好、很放心。真的，爸爸相信，妹婿一定會好好照顧妹妹，我也相信。只是，媽媽很擔心，奇怪的媽媽永遠有自己的想法，我才不會管她。希望小妹珍惜自己的幸福。

幸福永遠是需要努力爭取經營。

我知道，小妹在這些日子以來，明裡暗裡，幫我許多。

謝謝小妹。

最後，根據小寶典《醫療處理參考手冊》內容，求償的標準是什麼？

一、生命和健康是無價的，再多的金錢也無法彌補一條人命或身體傷害的損失，因此很難有所謂的「賠償標準」。

二、一般而言，要求較為「合理」的賠償金額，可衡量下列各點：

（一）醫院的過失有多少。　我自己認定非常多。

（二）發生事件當地的生活水準。　西都算是個大城市。

（三）醫院規模的大小。　我自己認定很大還有非常大。

（四）過世者的經濟貢獻力。　要去調查一下。

三、若從法律的觀點來看，在民事損害賠償方面，可分為財產損害賠償及精神賠償二部分。

這我得好好算算！